大地上

吴泊宁

安徽师范大学出版社
ANHUI NORMAL UNIVERSITY PRESS
· 芜湖 ·

图书在版编目(CIP)数据

大地上的乡愁 / 吴泊宁著. — 芜湖 : 安徽师范大学出版社, 2024.6
ISBN 978-7-5676-6692-4

Ⅰ. ①大… Ⅱ. ①吴… Ⅲ. ①散文集—中国—当代 Ⅳ. ①I267

中国国家版本馆CIP数据核字(2024)第055854号

大地上的乡愁

DA DI SHANG DE XIANGCHOU

吴泊宁◎著

责任编辑: 李克非
责任校对: 胡志恒
装帧设计: 王晴晴　张　玲
责任印制: 桑国磊
出版发行: 安徽师范大学出版社
芜湖市北京中路2号安徽师范大学赭山校区　　邮政编码:241000
网　　址: http://www.ahnupress.com/
发 行 部: 0553-3883578　　5910327　　5910310(传真)
印　　刷: 江苏凤凰数码印务有限公司
版　　次: 2024年6月第1版
印　　次: 2024年6月第1次印刷
规　　格: 700 mm × 1000 mm　1/16
印　　张: 15
字　　数: 215千字
书　　号: 978-7-5676-6692-4
定　　价: 49.00元

序

胡竹峰

泊宁的文章真宁静，我从腊月看到初春，宁愿读得慢一些，生怕错过了那些静水深流。旧作里的句子：“好茶无非两种，一种唯恐易尽，一种不忍贪多。”好书也无非两种：

一种唯恐易尽，一种不忍贪多。

泊宁的书是好书，一页页看，一颗心慢慢停泊在宁静的文字里，好像坐书房中一口口喝茶，喝好茶。

未必一味宁静，字里行间偶尔跳出一个大汉来。茶味淡了，迎面是一杯酒。

周瑜与玄德饮宴，帐中埋了刀斧手。酒行数巡，周瑜起身，猛见一人按剑立于玄德背后，忙问何人？刘备说是吾弟关云长。周瑜大惊，汗流满背，便斟酒与云长把盏。旧年读《三国演义》，很喜欢这一节，觉得虎气在焉。

读泊宁的书，大多时候仿佛和刘备饮宴，闲话之际，看到藏身文字里的关云长，就想斟酒与他把盏。相交十几年，至今与泊宁兄尚未谋面，据说，他酒量甚佳。读完这本书，倒是希望酒不妨少喝，留下闲情多作些文章。忘了谁的诗，头两句颇有意思：

饮酒损神茶损气，读书应是最相宜。

再多说两句，以送泊宁兄：

养血养神先养气，文章移体自融怡。

无常世事随他去，柔史刚经朱墨披。

孟子去齐国，远远看见齐王之子，喟然叹曰：“居移气，养移体。大哉居乎，夫非尽人之子与。”可见居养之妙，实则文章也能移体。柔史刚经朱墨披一句，来自钱大昕的对联，有道是：

有酒学仙，无酒学佛；刚日读经，柔日读史。

这本书时有冬日新拔萝卜的生气，我读了只是欢喜，一篇篇看下去，仿佛拔了几十根肥硕清凌的萝卜。

泊宁是懂得文章味的，给他的书作序，不用多说。旧年舞台上，念唱做打一通，看客无非哄然叫声好罢了，并不能聒噪的。

好！

好好！

好好好！

是为序。

二〇二四年三月二日，合肥，作我书房

胡竹峰，安徽省作家协会副主席。出版有五卷本“胡竹峰作品”，《空杯集》《墨团花册》《中国文章》《雪下了一夜》《不知味集》《惜字亭下》《唐人故事集》《黑老虎集》《南游记》等作品集三十余种。曾获“孙犁散文奖”双年奖、丁玲文学奖、紫金·人民文学之星散文奖、奎虚图书奖、刘勰散文奖、冰心散文奖、丰子恺散文奖、林语堂散文奖、滇池文学奖、三毛散文奖、红豆文学奖、茅盾新人奖等多种奖项。部分作品被译介为多种文字。

目录

麻雀

麻雀一直没有放弃江南，它们是低头不见抬头见的留鸟。

我臆断过，麻雀是和稻谷相连的。后来，在海南，在撒哈拉，在海拉尔、南京、张家界、塔里、丽江、威海、吴哥、墨尔本、布鲁克林也见过它们。我改了想法，认定它们是地球上的公民。

江北故里是麻雀的天下，有草屋的地方就有它们夜的归宿。白天，雪地或秋后的田地都有它们似走似跳的身影。

看着一群海底鱼群般翻滚的麻雀，卷过我的头顶，越过水塘，在一片稻桩里奔窜，是我强说愁的童年时光。

雾里，稻草人留守着平畴沃野，麻雀照看了被村人留下的谷粒，一直到乡场上的二层稻绿绿青青，它们才回到树叶下：村里的草屋都消失了，瓦沿下，不能安居太多的族类。

想想我们对麻雀的过往史：

用粘知了的竹竿，在顶端插上一个网套，两个孩子在夜晚出发了，一个用手电筒在屋山的坡草下寻找，见了安静在草间的麻雀，横向压过去，能逃脱的很少。我希望它们落在更小的孩子面前，用红绳子拴着脚，多半是回到自然中，落到大孩子手里，有时候会成为猫咪的陪伴。

雪后的稻田，苍茫一片，除了大自然的天籁，人间草木，还有麻雀的飞影，蹦蹦跳跳是一粒粒大地白色棋盘上的黑子，村人陆续远离了，麻雀替我们留守住老家。

麻雀也时常落入我们英语老师家的屋檐。这位脸色若菜青的人，有一双黑黑的眼，精光内敛。那时候，高考英语只做参考，不纳入总分。他不知道哪来的预见，在班上扫视几周后，对我们神秘一笑，课后，在路上把我和另一位同学拦在去食堂的路上：搁我家吃馒头。不容分说，一手一个拉着就走。多年后，我们还是想起，他像抓麻雀一样抓着了我们，“饲养”了大半年。另一个同学已是上海外国语大学的博导了，一次江城相遇，说起英语老师，他低头不语，酸鼻泪眼。那时候叫开小灶的，时间短暂，却养了我们一生。

一天午后，我们学累了，跑进英语老师家的菜园子。四边满目苍劲的小松树，白菜、萝卜、番茄长得精神。树间夹杂着盘盘绕绕的紫荆，阳光缝隙处，一个麻雀窝，光洁敞亮，两只弱小的麻雀交颈如梦，嘴边的黄口已经干瘪了。我要捧起它们，被同学制止了，他以为我会伤害到它们。窝里剩有四个破了的蛋壳，一定是两只健壮的麻雀，早早飞了。它们的父母去了哪里，留下了它们在风雨里。几天后，我和英语老师说起，他说，收回来养啊，用馒头屑，你们学乏了，逗逗麻雀来精神。养了几周，麻雀在一个雪夜起飞了。我们也就要离开三栋红墙青瓦的校园了，我和同学去看老师，师母说，老师去镇上办事去了。我们三步一回头。直觉告诉我，老师就在小卧间的窗后，睁着一双麻雀瞳仁一样黑的眼睛，目送我们过了树林，上了沟渠，消失在旷野里的小路。

我也用弹弓对准过一只老麻雀，它在皂荚树间叽叽喳喳的飞。我是在匆匆赶向学校的途中，因为要迟到了，我在逃课与奔跑中选择，麻雀让我有了停留的理由，一片粗碗的碎片，捏在牛皮间，慢慢地使劲，丢手，闭眼。瞬间，我的手突然痉挛起来，那只母亲拍拍翅膀掠过布满蝉蜕的树干，逃脱了，丢下了一拽羽毛。

我把灰褐的羽毛夹在书里，有了心安理得的步子：不得罪苍天下的生灵，也不得罪自己。

一年盛夏，我去了鸡笼山，一片开阔地上布满了天网。一只麻雀媒子在叙鸣，乌压压一个麻雀阵，不知就里，全部钻进了网里。

多年后，我去了一趟城北的善厚镇。车到丁字路口，玻璃窗外一道闪光扫过，我豁然抬头见到了那座像鸡笼一样的山峰，苍苍翠翠，一个麻雀方阵在白云边悠然滑翔。

城里，麻雀好像少起来了。我怀念渐渐远去的麻雀的踪影时，它们忽然出现在我匆匆忙忙赶路的上空，穿越办公楼后的树群，偶尔，也停息在我书房外的窗棂上。

河堤与地衣

出了村子，翻过沟渠，一条河堤向大圩的心里游去，水光隐隐的，和远村模糊在一起。因为洪水的原因，这条堤坝出现在家谱的第一页上。三十年前，有一个人和我晃到这里，他说，你能用三句话把这里说清楚吗？

唯一的一株春柳被牛群滤去了嫩叶，它们对天呼喊一下，向深处啃过去。蒲公英的嫩茎紫得亮眼。我们等着一场春雷的来临。

还在穿越冬梦的地表草，发出丝拉拉的声音，就像知了经历深远的前世。这些探头探脑的地衣，路要近得多，它们已经露出深褐色的冒顶了。掀开去年的巴根草，一窝窝的嘟囔在青老相拥的根茎间。它们的邻居更多是丫头草，椭圆的，小小的，深绿的，护着什么人的头顶似的。

一阵阵油汪汪的雨滴，洒在草棚、水面、伞和绿龙一样围着河滩的河堤上。闷闷的雷声从山岗上向这边滚过来，我想起了土屋教室前的三角铁发出的声响。空气里有了波浪般的气息，从秧田边掀到河堤，透了草尖漫入浅土，翻进河水里。

庄稼人一碗饭的工夫，整个堤坝改变了颜色。地衣，这条没边的黑色长裤一下子套在了坝体上。

孩子们成了赶海的人，向着堤坝蜂拥而上。地衣是春天里河堤的皮肤吧，堤坝已经是地衣们年年回来的家园。

多年了，我仿佛没有离开过故里，那种滑腻腻的感觉，牢牢贴在指尖。

马蜂

蜂类细分起来肯定有许多种，我只认得马蜂。它头部两边圆润润的复眼，翅膀盖在尾纹第二节就止住了，下身恰好的饱满，七道黑色半弯的“文身”，从不胖不瘦的腰间直达尾椎。

像人类有房屋一样，马蜂的家在土墙上，越是古旧的，越是它们安适的家。我记住了一堵墙，凸凹起伏，间或还有几枚螺蛳壳镶嵌其间，土是恰到好处的硬软。

经历了夏夜，清晨的墙面有了雾气的侵染，酥软了。马蜂们开始了家的营造，在呜呜的低鸣里，没有见到墙下的灰尘，钻出的碎土，润湿地垒在小孔四周，多了一份挡风避雨，仿佛阳台上的雨棚。几天下来，整个墙面成了星罗棋布的家，麻赖赖的，门口有橘黄的粉末。

油菜花开满村前屋后。清晨，马蜂们开始倾巢出动，傍晚时分三三两两折返家园。

孩子们玩了水，抓了知了，疲了，来到墙边，看看洞口不远处黄褐色的圆乎乎的头，心痒痒的，回家找来小瓶小罐，选一根棉花棒，或者草秆子，心沉气静地靠近墙体，将瓶口半斜对着洞口，用秆子轻轻拨弄马蜂的头部，一掏一个，盖起瓶口，嗡嗡声，一个热闹的夏天就在瓶子里。

是一个老太太告诉我们，马蜂的体内有甜甜的蜜露，一场惊心动魄的残杀就这样开始了，于是，调皮的孩子拽断蜜蜂的下身，圆滚滚的甜露晶亮地流出来。这么多年，没有哪个孩子能记住那种甜，这个秘密和自然一样深不可测。

一堵墙就这样安静下来，季节流转，人类的参与，让一种生，来来去去。

墙还在，不过是记忆中。马蜂生生不息，我们都不在那里了。

塘

水塘就在村前，从门槛向南走去，半支烟工夫就到了汪汪碧波的水边。村人通常说的大塘就是它了。一把古琴的形状，平躺着，同大半个村子衣衫相连。被唤作螺蛳塘、井塘、坟塘、荷花塘的几个小塘，因长满螺蛳、水深清澈、扔满死猪以及拥叠野荷而得名，但与日常息息相关的还是眼前的大塘。

村人的一天是在棒槌声和耕牛的低哞声中开始的。勤快的主妇或村姑提着沉沉的满篮子的衣被，早早地占领了官巷尽头的水跳，各色被单像渔民撒网一般抛向清凌凌的塘水里。此起彼伏的棒槌声拂动着薄雾，散向静静的村树、无尽的旷野，直到沟渠边弹回来。

初春的塘边，各类水草伸展身子，向中间匍匐着，不多久就会铺满水面，近旁如剑的茭白，精神的水蜡烛，固定了水草的根基。最常见是水菜，被村人捞起、晾干、粉碎，同山芋藤粉一起搅拌，它是猪的上好食料。水蚂蚁菜是害草，但大量的鱼虾阻止了它们的疯长，从而维持了水塘平稳的生态。

清明时节，是男人们最忙碌的时候。选种是一项精细的活，也是当年水稻收获的前提。在簸箕的颠簸里，饱满的种子滤进麻袋里，于夜幕垂落时分，埋进塘边的浅水，次日捞起来透气、接受阳光，一股浓密的窖香伴着布谷鸟的脆音，包围了这个村庄。

待到种子冒出嫩嫩白白的牙尖，被撒到平整的秧田里，一年中的忙碌如一家家门扉，敞开了，再也没有关上，直到雪花被风从一棵无边的大树上吹落下来。

鱼群是春日水塘里最喧闹的主儿。水是疆界，草是欢场。三面的水稻田，在静静的拔节声里被挖开了缺口，大小的鱼群逆水而上，钻进了水稻田里。收割时节，村人会在一处田角的水窝里碰上肥肥的一堆鱼，以鲫鱼和黄鲛居多。

这时候的孩子会模仿成人，用柴秆挂上鱼线，蹲在水跳的附近，选一处水草的空当，悠然地等待鱼的上钩。清晨或傍晚，麻线做的鱼串会穿上河鱼，满满的，同北方晾晒在门前的玉米和红辣椒一般。许多时候，以芦秆折断告终，那是一条大鱼背断了杆子，“轰”的一声跑掉了。后来，水塘被人承包了，一场少年同一个得了肺病的大个子之间的拉锯战，持续了若干年。我离开村子，离开水塘的最后一件事，就是祖母领着我去了大个子的家。停尸床上，大个子已经是秋后干瘪的稻草，我已经远离了胆怯，用一只曾经在塘边向他挥动的捉弄他的手，按上了他盯着房顶不想闭上的眼睛。我不知道他有什么遗憾。他是我送走的第一个村人，一个记忆力和篮球技艺一样超群的农民。我一直忘不了他，不是隔着水塘的游戏，而是一个十里八乡都敬佩的人，在黄昏的打谷场上，摸着我营养不良稀拉拉的黄毛，满眼预言地说，这小子，与别人不同，会走出村子。这种暗示是我远离艰辛过程中，不断追赶我向前跑的疯狗。

春向纵深处去的时候，我发现那么长长弯弯的塘埂只有一株树，在茅草屋顶的鱼棚近旁，一把雨伞一样给它遮风挡雨。青石磙立在洞开的鱼棚门口，阴森森的，四周弥漫着恐怖的气息，那个经常有红狐狸出没的荆棘草丛，一直是我们回避的地方。许多夜晚点点磷火包围着水塘的一角，小风中，缓缓地包围了鱼棚。无数的黑鱼就在我们不敢靠近的地方安心地生长，黄灿灿一片鱼子，到乌黑一团水里滚动的幼鱼，再到一斤多重后跑满塘的每一个角落。水塘靠北变窄的一段，恐怖地横在我童年的上游，至今挥之不去。

不知道是谁在别处带来的一团菱角菜，放在了茭白的附近，我在门前的菜地里听到的大片蛙声，起源地就是疯长起来的菱角叶子。茭白是有主人的，但也不妨碍我家的餐桌上有新鲜的茭白。一个主人变成一村子的主人在咱们那里是常有的事。真正的主人采摘时，路过你家门口，也会丢下一些足够吃三顿的茭白。

没有主人的青蛙和老鳖会在夜幕下结伴进入菜园，塘是它们的家，院落里的菜地是它们的游乐场。没人打扰它们，而它们却留下了路过有声的痕迹，特别是老鳖，细腻的脚印在告知我们，它们来探过路了，在今后的暖阳里，它们会在这里产卵，光溜溜白净净的蛋，那是一场夏日惊喜的开端。

荡

村庄的东头向前走，牛路二华里的样子，是地势最低处。高处看，一片白茫茫的水面，错综复杂的是远近大小不一的滩涂，只有一块长滩与陆地相连，其他的隔着宽窄深浅不一样的水荡。夏天的水荡是与滩涂紧身贴体的伴邻。水乡的植被、生灵、村人集中在这里，那是一个活力四射的村子的心脏。

清晨，在牛背上，远远地就看到密集的芦苇，青绿绿地包裹了水滩，水在深处，在视野之外。不过，经常能见到精巧的白颈鹭白压压散漫在绿色的背景上。偶尔有渔船经过，它们仿佛一阵阵白云一般，在低空里卷绕升落，在滩边，或围坝上，不会离开你的视域。

夏日的丰收是艰辛而欢乐的，低垂的稻穗在水荡的边沿，等待着收割的镰刀。力大的汉子能一人将口子形巨大禾桶扛到目的地，更多的时候，两个人一前一后抬着，喊着远古的号子，一是提劲，二是照顾步调，再就是找乐子了。男人赤裸着上身用稻草扎在腰间，妇女们顶着各色花头巾，提着镰刀嘻嘻哈哈跟在后面。

割稻的时候，妇女们拼斗的是体力和人品，领头的是最能干的人，通常是带领一组风卷残云割去一趟，体力不支的，就会被别人超趟子，往后，她就失去了领队的地位，那是一种暗隐的耻辱。我的还年轻的母亲，在一块大田里领趟子，因速度过快，割破了手指，但她没有声响，一直割完了那块地，身后掼稻的男人看到了稻秆上鲜红的血滴，也没有人出声，那是一种品行的张扬和对这种品行认可的默契。

当稻粒堆满禾桶时，一种最能体现男人体力的活儿开始了——挑稻子。圩田的稻子是潮湿的，一担稻约有二百四十斤。许多男人，在三华里的不断奔波中被淘汰了。一个年轻的汉子，因之累得吐血，身体虚弱下去，不几年，跟一个唱戏的队伍离开了村子。

一块田割下来的间隙，男女们跑进水荡，踩藕或摘菱角，古铜色和雪白的皮肤交替散落在满是“鬼见愁”的水面上。

老人们牵着耕牛，到了滩涂就撒手不管了，踩着腰子船在宽阔一些的水荡里采菱角菜，一层层码在水边上，用水淋淋的麻袋遮着毒辣的阳光。有时候，他们会在鱼棚里选摘，去掉底座和叶子，留下小棒槌一样的茎，回家后腌制起来，那是一个冬天的下饭菜。

乐疯了的是我们这些孩子。从一个滩涂游向另一个滩涂，初夏是采藕带，夏深了就摘莲蓬，更多的时候是找成熟的菱角，割“鬼见愁”的果子，茎也不放过，切成菱形的条炒辣椒最下饭。累了就躺在水面看天上的云雀，或是采来芦苇卷起来，在顶端十字形捏两下，吹起呜啦啦的声音，惊起野鸟贴着水面乱飞。

我经常是在芦苇里寻找鸟巢里的蛋，碰到快成熟的鸟，捧在手里催它提前飞翔，不忍的是一身无毛的红润润的雏鸟，不知道怎么对待它，最后，还是放在原处，向更高的芦苇丛探去。没有人会迷失在那里，也许是滩涂小了，也许是我们已经长高，高到远远地望出去，越过村庄，有了淡淡的空落落的惆怅。

这样的心绪是短暂的，同伴们会挥舞着铁锹，呼唤着大家奔向圩堤，一只深黄色毛发的兔子在水里，大家全体下水，从不同的地方包抄过去。通常的情况，兔子还是逃脱了，它跑到大片的荷花中，锯齿一样的茎挡住了我们的去路。大家“嚯嚯嚯”喊叫着，又找到了下一个活儿，挖螃蟹。

鸭群鹅阵出没的地方，是最好的寻蟹处，那里的土光溜也浅，手伸进洞里，多能抓到乌青的大螃蟹，更多的时候要动用铁锹，碰巧的能见到白鳝和螃蟹共生在一个洞里，前者很难抓到，它在你的裤子里窜几圈就滑滑地溜掉了。

夏天的晚霞就在大家的奔忙中，落到了草尖上，鸟羽上，水荡里，披在村人的衣衫和眼角。不多时，滩涂和水荡成了送别手里背上都是收获的人们的客人。

【采莲】 姚和平插画

沟

穿过村子中部，经过一簇朴树藏掩的小庙，一条笔直的乡间路直去后头沟，这是水庄唯一的水沟，加上“后头”二字，也许同位于村北的地理位置有关。水沟窄长弯少，形似一条黄鳝，从村头绕过村庄隐隐地延伸到圩区的纵深处。

沟上只有两座桥，其实是土埂H型快要合龙时，架设了两块门宽一般的黄色石板。西边那座是上学的、去公家办事的人必经之地，东边那座是祭祀或赶集常常经过的。

水源地在西部黄鳝头的位置，补给的水通常是雨水，少量的是周边水稻田凉田的时候放出来的水。因水肥，沟的浅水里长满了各类杂草，只有中间一条线，让人感觉水深莫测，最宽阔的水面多在桥的附近。

秋水寂静，吹过稻草垛的风，会带上飞絮封了沟水，很少有人在这里洗衣涤被，那里只是冲刷农药箱和粪桶的地方。而这一切被晌午时分沟面的血水改变了。

一个中年妇女挽起裤脚站在水草里，她的手里吃力地扬起一床沾满血块的紫红色被子，一段沟面全部染红了。开始向两边渗开，水流静缓，一场雨水后，还是稀释了血水。往下而去，一条红色的水沟就这样触目惊心地躺在秋日的暖阳下。

村里的秘密总是像屋顶的树，不会盖得那么严实。第二天就传开了，七婶在三十岁的尾巴上生了一个胖小子，关键是他的男人是没生育能力的。大家在暗暗等待，这个娃娃最终长得像谁。等不及的灵通人还是放话了，她与炸油条的光棍黑蛋有一腿。这件事很快就淡下去了，原因有两个：一不是什么新鲜事，村子里，好几个男孩长到了少年，就酷似一个不是他父亲的男人。二是七婶的男人死了，死因不明不白，有人说是喝农药自杀的，有人说是去黑蛋那个黑乎乎的小屋讨说法，给黑蛋一脚踢在要命处，倒地就没气了。

有一点是真实的，抬七婶男人的送葬队伍经过后头沟时，东边的桥轰然倒塌了。那个冥纸伴芦絮低舞的星期天秋午，我就在沟坝上放鹅。空气里飘荡着不祥的东西，隐隐中感觉还有什么要发生。我从坝深处赶着不肯合群的鹅回家。来时，我还上去玩了半天，沟面上稳稳的水泥船一头栽进了水底，一头犟犟地举向天空，仿佛一张被封闭的嘴，对天长啸，而村子里什么也听不到。

在后头沟唯一的拐弯处，我的童年和少年，有两次在那里险些夭亡。一个童年的仲秋，我放学经过芦花低头的沟边，一条白白的东西裹挟在反转的狗尾巴水草里。凭借我的水乡经验，判断是一条大鱼，奔近一看证明是事实。这是一条野沟，水面小而长，一头是开放式的，因此没人承包。但，个别的野鱼能长到近二十斤。尽管不时有人撒网，总会有遗漏的，我眼前的胖头鱼就有十多斤。我扔下书包，小心地扣住了鱼鳃，它一个翻身把我带进了水草中，与鱼搏斗，越缠越牢，我就在第二次呛水时，决定弃鱼保命。多年在大塘泡过，在没鱼的羁绊下，我终于脱险。上岸后，那条鱼露出扯烂了的紫红血腮，在我眼前绕了半圈，慢悠悠地游走了。

村后的沟面及发散开来的四野，平坦空荡。有一个地方却机关重重，那就是排灌站。那里有一台变压器，成人们是忌怕的，懵懂的少年有时候除外。我们一群放鹅放鸭的少年聚在一起，玩厌了螺号和水枪，就开始好奇地用竹竿顶着破塑料枪，挑战变压器的瓷瓶，麻麻的很是刺激。意外的是，我那根鹅杆在水里泡过，没有防电的功能，一触碰，嘣的一声电流把我抛过站立的堤坝，飞向沟对面，一头插进淤泥里。多年以后，老父还对我说，那天，老子要不是看看西瓜长得啥样子了，去排灌站的瓜地转转，这个世上就没有你了。

转眼，深秋了，沟水也干枯了。长长的大埂上堆满了稻草垛，远远看去宛如古战场上挑起的行军帐，护拥村子的北方。掀开稻草垛的底角，被捂得黄嫩的草里蹦跶着各种蛐蛐，那是一个秋天行将结束，而对时间富庶的少年，欢乐的河床刚刚露出一点儿。

河

在早起的村人眼里，冬阳是从河口升起来的。一天里，太阳行走在河流的上空，落下的地方正是河流结束的地方，那是两个地域的分界。

我至今还不知道那条河流的名字，地图上也没有命名。也许与真正的河流相比，它已经小到不值得拥有名字，就像生养我们的村子，稍大一点的地图也找不到它的具体方位。走出去的人，面对自己的下一代，再面对地图，只能说，这儿，就是这儿，细究下去，那是一个盲点。

河，在村子的南边，与水塘之间隔了一条隆起的水渠，那是孩子们的视线必须翻越的界限，寒冬里，等待父亲们从远远的修河筑坝的异乡归来；而家乡的河流，千年不变地躺在沃野平畴里。

飞雪狂舞的时节，周边的村庄矮下去，眼前的油菜田渐渐地白净了，河道里的游鱼也失去了踪影，只有堤坝挺起光洁白厚圆润的身体，游走在开阔的静寂的棕色正在淡下去的水川中。

仿佛所有的柳树都集中到河的两岸，柳条戏风，几乎看不到水面，它们像无数的人拥挤着站在岸上，倾身探到水中央，十指交叉撑在水流的上端；而此时的冬日，它们已是稀松的网罩，是一条河流廊桥的骨架。

河床转弯的避风处，散落着鱼棚、水站和鸭屋，通常是闲置的，但却成了最隐秘的去处。你会看到一对怯生生的深浅大小不同的脚印留在雪堤上。从脚印判断，那个男人一定是外乡人，因为雪地上落下了瓦灰的痕迹。一盏风灯将茅棚照亮了，那是一个临时的开始青春叛逆的小家。这样的事情瞒不过河流的眼睛，更瞒不过村姑父母的眼睛。我曾经呆呆地立在路边，看着一个庞大家族的队伍，领着一个眼睛如井塘的女子向镇里赶去。我隐约知道他们是去镇上的卫生院，男女双方无数的眼睛在等一个结果：女子是不是处女了。最后的结果是我没想到的，一年后那对给河堤刻下脚印的人，抱着一个胖乎乎的男婴回娘家了。不知道那时候有过怎样的挣扎、纷争、妥协、默认，而这一切都埋没在河边水际了，就像眼前的河水，平稳无痕。

在河的断桥边，三叔曾经迎过我，他担心我离乡多年认不出回家的路了。所以，他早早就离开村子，路过螺蛳塘、荷花塘，绕过另一个村子的边界，等在桥边的树根旁。我见了他心里就酸了，村子在年轻着，而他却老了，老得就像身边的水泥栏杆，被时间剥蚀得见了筋骨。他一直陪我麻木地站在桥头，看着河水缓缓地向下游消逝。仿佛关了三年的水闸，拦了高位的洪水，叔叔还是控制不住自己了，对着河水号啕大哭。我在一边紧紧地扯住他的旧军衣，虽然不明白他为什么哭，但我明白走出村子的人，心里有太多痛哭的理由。等叔叔哭够了，他才告诉我，他的母亲我的堂祖母，就是在这跳进冰冷的河水里的，在三年前的今天，堂祖母那年八十九岁，在堂祖父去世的半月后。我们的村子，自寻短见的主要方式就是喝农药，跳河——那是少有的。水乡长大的，人人都有好水性，不管是儿童还是老人。堂祖母的跳河还是做了必死的准备，除了老迈病重，她在棉衣的胸口处还揣了两块红砖。我猜想，她是追堂祖父去了，她的男人在这条河上养了大半辈子的麻鸭，河水养活的人回到河水里去了。

三叔还是说出了他母亲死去的真相。他在南方做豆腐店，带去了两个不想上学的儿子，随着铺面的增大，人手不够。本来在老家照顾婆婆的三婶也被一列火车颠到了南方。堂祖母是在重病无依、又不想拖累后人的情况下，在一个冬天的清晨，奔赴了流水，一片挂在村头的古叶就这样悄然落下，成了一个我唯一的没参加过葬礼的族人。

我们往回走，村庄就在前方，不知道是河流离我们近，还是村子离我们远。我们一步一步地在路上，抬头或低头都没能离开水乡。河床、水草、流水，岸上的树根、冬草，藏匿着来年的春天，见证了一湾被水养活的故乡，生生不息。而这一切与村边的水域一道组成了我亲亲的旧址。

古镇

人还是比房子多，也许有好些的时候，比如，天空开满雪花。

是在一幅油画上见到的，我才来到这里。水穿过古镇，方石垒的桥，十米一座，两边的古屋游着河走。每走一步，都有幌子或人影的引诱。我看见那些水灵灵的菱角菜就笑了。亲近，不能带走，吃吧，又不是时候。

我从人堆里叛逃了，去了古镇的尽头。长长的现代桥跨在平湖上，水蚂蚁菜一堆一堆的，被无形的力量推到一边。飘动的小葫芦，我想伸手摸摸，水呼噜一下就带走了。水上的破草棚子更让人安心，但在水中央，船已经沉在水边，路就不指望有了。

看看那棵老树，半边绿叶繁茂，半边枯竭如炭，我想，都是有原因的，旁边的寺庙一定看在心里。

我们走到这里，估计就是要找到一个尽头：桥还在，那个画桥的人只留下冰冷的名字，和一个不安宁的影子。

听说一个人在河边的餐厅里坐了半小时，和成都街头的表情一样，但风却传很远，远到我们来不及回忆，就忘了。

没有一个高处，俯瞰一下，只是自然的遗憾了；水滋养的古镇，没高山，一直是江南的短缺处。

我看见了旅客带上了油润润的猪肘子，香喷喷的粽子，折扇或花巾。

而我只把一张薄薄的古镇票根揣在胸口。

洪水

我最原始的心理阴影，与祖先有关。

不知道给村子命名的先祖是谁。家谱上，我没有找到他的行踪，也猜想不到他经历了怎样的磨难，竟然把村庄叫作哀吴村。一代代人没有谁把村名和水患连在一起的，包括村东南水塘边的老先生也没有。

许多东西隐约着，就这样与村名如影随形。

村西头有一条蛇形路，往南绕过小王村，一座石头桥，扁担一样搁在小河上。河，至今我不知道名字。只有桥，我记住了，叫向南桥。桥孔的四周遍植柳树，早年一根老树桩枯在那里，年年发新枝，很奇怪的是，树冠的高度就是我们村子被淹没的水位。因此，在送灶等各类民间祭祀活动中，桩底多会留下与水神有关的痕迹。

小河里的水，多半来自长江的支流，这是家乡被叫作水锅底的原因；还有一种天水，源自屋檐、树冠、横陈的沟渠、雌伏的水稻田。这样，几股水的加深，注定了水乡的浮沉。

水量丰沛的季节，不管从哪个角度看，村子都像一根弯曲的树干，在浑浊的水域里翻滚，周边是漂浮的稻草和受伤的各类翻肚子的鱼。

梅雨中，夏天后，人们只能在楝树垂落的旧屋里，低语祈祷，最终看见的是河水从树冠上流过，人和牲畜被洪水赶到了高地。身处水患的农村，才会知道什么是孤独，一个小山顶的人，看着脚边巴掌大落脚地，近水的边沿全是水蛇和树枝，一个人与另一个人数百米远，离所谓的岸更是遥不可及。

许多村子里的人，就是背着这样的记忆远走的。我的记忆停驻在1991年的夏天，那是我最后一次见到洪水奔涌到我的脚边。

草鞋

没走过泥泞的小路，不知道草鞋的好。

那条陷溺于稀泥的路基是晓得的吧，有多少鞋子经过后，面目全非。把泥淤后的皮鞋提在手里，还不如一开始就穿上草鞋更能走远。

选一捆上好的稻草，在水里浸泡一夜，涮涮，让风自然吹干，上了条凳子，锛好耳廓，又一层层搓扎，最后的工序是在大脚趾的位置缠一块旧布，你就可以经过所有的泥泞了。

在乡下，抬棺的人，每人要发一双的。因为无论刮风下雨，踩田过沟，人都无法选择，日子定在那里，只有让脚下更利落了。

我穿的第一双草鞋是不合脚的。量身定做的，开始都是族长，后来是成人。一个小屁孩子只能是被忽略。我穿着那个超大的草鞋，干了一件村庄里两百多年来最不合规矩的事：将一把熟菜籽放在一个孩子的胸口，穿上老衣（死者为大，不分年龄），深挖一个坑，把他埋了。多年以后，我的老父还说，一个孩子把另一个孩子葬了，你是本乡第一人。

我就是穿了那双草鞋，趟过了野河荡，去县城上学的。

阳光暴晒后，滚进河里的贝壳、落进水里的老菱角是脚底的利刀，在水乡生存的前辈们，用一双草鞋护着了我的脚板，这也许是我后来渐渐走远的原因；要知道，我的堂弟就是烂了一双脚，在床上躺了十九年，后来，用一截镰刀头子结束了自己的生命。

大伯伯送堂弟上山时，哭得像个娘们，反复说了一句话：乡下，有的是稻草，怎么没帮你扎一双合脚的草鞋。

后来去城里上学，我还带上了一双草鞋，压在箱底，平时用不上，也不好意思让同学们见到它；假期，去矿山打工时，我揣在包里，结果派上了用场，紫砂矿泥的侵害是无处不在的。许多一同下井的人几乎都得了职业病。是因为年轻，还是不管不顾，赤脚在紫泥里出没？

所以，中年的天空，我找找来路的旧物，挂在门楣的是一双草鞋。

【草鞋】 姚和平插画

水稻

作为大地上人们的粮食，水稻，我迟迟不敢碰它，用汉字的方式。水乡，人，水，稻谷，三分江南，一直是我幼年、童年、青年的给养和背景。

水稻土是我们老家独有的吧。乌黑，辛香，滑腻，平缓，淡淡的糯，捧在手里尽览无余。

清明后，地上，犁、耙、耖，空中，布谷鸟、忙碌的蜻蜓，中间，汗水不断的人，是反复不断的农耕史。

平整了秧田，水塘里出芽的种子在父辈们的手里，均匀地撒向泥土。

秧苗的成长是与露水相伴的，在小埂上，在绒绒的黄毛鹅眼里，在少年的竹竿尖端。没有什么植被比秧苗更整齐，在鹅杆的划拨下，蓝蓝的和青青的，符合油画最苛刻的色谱。

总是在秧苗拔起时，遇到第一场雨水，水塘的泛滥与否决定了一个夏天的未来。村子里的老少都盯着屋檐的雨水会不会在一个时辰，装满水桶，那样，全面的悲哀从此长存不离了。

太阳是有提醒的，它的热度，在蚯蚓的出没中看得清爽，云直直地向海子口滑过去。秧苗抬头的速度比少年的绒毛胡子快多了。村人们，带上板凳、澡盆，围猎一样去秧田拔秧，篾架子一担担挑到整齐的田间。甩秧是要技术的，远近疏密都很讲究，插秧人，不多不少取了身边的秧把子是最终衡量的标准，有经验的抛秧人，能精确到一亩田多不了几把秧。

秧苗在村妇的手里插进了泥土，行距整齐划一。我学了三年，母亲说，你不是这块料，干别的去吧。但，我在泥田里上岸时，知道了一代代人与泥土的亲近，与泥土的恩怨，和汗滴交融的过程。

新新的秧苗是半倒伏的，雨露几夜，由蓝蓝的软到绿绿的挺拔。青蛙穿绕的时节，拔节声惊动了低空的飞鸟和田里的黄鳝。它们一定有着同等的生命波纹，人在田埂上，只能看见饱囊囊的孕穗子。

扬花了，那是和河水的膨胀同步的，和沟谷山岗的小动物一道撑紧了生命的张力。

在我的手心里，一棵青青的稻穗子，躺着安稳的娇嫩，在体温里酥酥地滑过去，滑到沉甸甸的夏天的边沿。直到叶子焦黄地举着，稻穗子沉沉地低下谦卑的头颅。

我离开村庄前的所有灾难都与水田有关。守口如瓶的水稻是我最初敬重的生灵。

村民们在鸡鸣声里出发了，镰刀握在手里，禾桶扛在肩上，草把子捆在腰间，向田间游过去。第一镰是要放鞭炮的，短短的仪式后就开镰了。夏虫上飞，汗水下落，一担担稻谷由村里最壮的汉子挑到乡场上。

不是年年都能见到黄灿灿的收获，许多年份，一场浩大的洪水将稻田淹成白浪浪一片。

在我的乡村记忆里，许多年，生在水庄却很难吃到米饭。村人们在青黄不接的时节，撑船压过稻头摇晃的黄滔滔的水面，下网捕鱼。炊烟袅绕，满村的鱼香、野草香。有民谣一直回荡在故里人的血脉里：

家住后头洲
十年九不收
心想搬到山头上住
舍不得芦蒿马兰头

所以，当难得一次的稻谷稳当当地堆进粮仓，整个村子才松一口气，累得轰然倒下，沉沉睡去。

你知道我的来处了吧，一个被水稻灌满了血液的乡村孩子。要是你见到了，我被城市养成了的安宁至冷寂，不要怪我。

我会回去的，回到水稻遍地的水乡，回到人生小河的上游。

草垫

草香、土味、弹性、温暖、丝丝拉拉的低声，这是许多人从孩提到青春的体贴。我们会在某个时光的一角，勾想起草垫，一床养护我们睡眠的乡土。

早稻收割后，许多稻把梭捆着脖子，裙摆一样撒立在田里，在围堤上，上草垛或担回家堆草堆是后来的事。有经验的母亲早早选择饱满、长短一致的稻秆子，在午饭时背回家，晾晒在毒毒的日头下，收了三次骄阳后，架在空余的隔房上抻力到白露以后。

秋闲的时候，母亲抽下稻秆，一把把地将草叶剔除，用剪刀将头部和根部打齐，铺在竹席上回劲，阳光里，我们看不到它们的增长。

铺在板床上，才知道它们是被阳光怎么喂饱的，蓬松松的、阳光的味儿。调皮的孩子翻身滚动，透过薄棉和被单嗅嗅那种深厚的清香，听听那种灌满了天籁的声音。

后来，母亲年年有了新的想法，编织或用薄纱套上。此后，床垫里面就多了母亲汗水的香气。

这个世上一定有无数人喜欢席梦思，但，要是有两个人同时回忆着草垫，回味着、呢喃着、享受着，他们身上就共有了与自然、农耕、纯真相通的信息，会有了走近对方深处的密码。

草坪或沙地有了这样一种垫子放在蓝天下，风是纱帐，那是一方故里的微雕。

就让它在那里，我们慢慢向那里走去，走到城市的风尘在衣面落尽，走到人间疲困游云散去，走到我们成了老家的飞鸟，窝拥在那个叫草垫的巢里。

让时间逃亡，我们回家。

祖母

一百年前，你生于一座荒山坳里；十二年前，在水乡的简易木床上，你安然离去。

面对死亡，我第一次那么静宁，就像你沿着泥路去了水塘边，淘洗或涤清后，还会折返。可是，我要去城里了，没能等到你忙完后回来。

村子也不过两百年。有一小半，你从村头忙到村尾，忙到一个村子落在了身后。

我从没见过你丈夫，照片也没有。我见你时，你已经活了一半多了。从山村，水乡到上海，武汉，南京，再回到水乡。那个在历史上永远被记住的一代丽星，有过你的照顾。她比你大一岁，却喊你“三姐”。你，大约只有小村子记住了，或许唯有我。

对门的勺老太太说，村子，前后一百年，不会再有你那样美丽的女子。

六十二年前，你收养了一个军官的小女，自己的女儿却在跑反时落进了水里。不知道你哭没哭，我见你三十五年了，你从来没说过，我是听母亲说起的。你的长子，死于一场饥荒，也没听你说起过，我是听父亲说的。

你整整守寡了四十六年，在最成熟的时候开始的。我记住了一个家族，在你的照拂下，走到了今天，在你死前或亡后。

我后来才知道，什么叫：孤独百年。

今天，阳光很好，自然万物也不忘一个普通的女人。一个家族的源头，该接受我下游人的心意了。此刻，所有的光线随我手里的黄土，一并洒向你的坟头。

碑铭：“葛宴喜（1911—1999），我的祖母，一个乡间生死如‘棟’的女人。”

挑稻子

在如蚁的人流中，夏天，你会以脑颈把子那团凸起的肉瘤，区分出一批人来自沉重的乡村。

乡里人说的人生三苦，不包括在赤日炎炎下的一种活：挑稻子。那是一种力量、坚韧、青春和汗滴的混合物。

金黄的水稻，海浪一般推向天边。当所有的过程经历了以后，谁，把稻子挑到了乡场上？一根桃树扁担，两个系着麻绳的箩筐，一个挺立在中间的汉子。

水乡纵横数华里，乡场只有一处。当累累的谷子涨满禾桶的时候，宽蔑做的畚箕连同蚂蚱小青蛙一起装进箩筐里。干稻子一担多半是一百五十斤，老圩里湿稻子近二百斤。一个汉子挑起就走，草鞋扎进泥里，扁担陷入肩头的肉里。没有人停肩息担，一口气跑上二三华里。

乡下，挑稻子的汉子是一种荣誉的承担者。早早的，妇女主任指认会烧锅的少妇，给他们做好早餐。精肉、猪肝、鸡蛋是要的，上好的锅巴谁家有，都要贡献出来。衣着没什么讲究。也有当兵回来的，把箱底的军装拿出来，套在他们身上，大小就不计较了。关键是腰间系上草把子，头上也顶着大大的草帽。

我的爷爷是早年的挑稻子人选，尽管我从来没见过他，连一张照片也没有。但，一个段子一直在乡间风传着。那年夏天，洪水早来早走，老圩的稻田，低潮高干。上午的时候，从高处开始收割，稻子是干干的，几个滑头鬼，在箩筐底下塞上稻把子，上面盖上干稻子，没人过秤，爷爷挑起来，行走如飞，大呼，今天的稻子挑得爽快。下午时，人已经乏了。禾桶也游进下水的田里，稻子已经半发芽了。那几个坏家伙，用力将潮稻子一层层扎结实。爷爷起身时就觉得不对劲，但，面子怎么能放得下。一口气挑到乡场上，小腿抽筋，瘫软在地上。装稻子的人明白，前后相差有一百三十斤。一种捉弄，还是开心的发泄，也许是对大力气人潜隐的嫉妒。让爷爷早早留下了“伤了”的病根，也是我没能见到他的原因吧。

暑假了，一批从中学里回到村子的孩子，在一种获取承认的心理鼓动下，也加入了挑稻子的队伍，其中，有一个人就是我。

嫩嫩的脚板承受不了干硬的草鞋，母亲就用布条子缠在脚丫处，洗得发白的蓝咔叽裤褂套在身上，闷闷的，我也没想那么多。关键是草把子是要系在腰间，那是一种象征。草帽就不要了，晒得红黑相间，村子的人才会承认你还是乡间的后人。

第一担最艰难了。脚边不知道什么时候起满了血泡，汗水沿着脑门淋进眼里，袖子一抹，更加难受。感觉天空的飞鸟、蜻蜓都是乡人们注视的眼睛。吐血了，也不能半途停下来吸一口气。什么叫沉重的绝望，你沿着时间的小路，走进我的当时，相信你什么都明白了。当我瘫倒在自家堂屋的凉床底下的地面上时，我知道，以后的路该怎么走了：读书，离开这一处会把我累死的土地。

我是一个逃跑者，也可以说是觉醒者，或有潜力出走的人。但，离开村庄时，没人知道我爬到北面的山岗上，面对月色里的村子，长哭了一夜。

进城的前几年，我和同村进城干活的人交往密切。有卖鸡蛋的、磨豆腐的、弹棉花的、打萨其马的、掏下水道的、做红白案的。他们都说我是城里人了，白净净的脸，细巧巧的手指。我多半不声响地和他们喝酒，或闲聊。说到动情处，我会低下脑袋，让他们摸摸我脑颈把上的肉瘤。

他们粗糙的手停在那儿，霍然无言。仿佛有一种信息将我们无形地连在一体。那是泥土的香味，无边四野滚过来的稻浪，是唯一公认的村庄的红印。

环峰里

葱绿的稻田铺满了环山里的空隙，除了一个小村，一处独在的庙宇。

我们一路蛇行，手指上沾满带雾水的稻花。白得像妖仙一样的飞鹭，闪光一样划过雾气隐约的低空。而后，认得一般，领我们向山边走。

草深露重，人人裤脚都是湿漉漉的。路过一块芝麻地，溪水在脚下，扔掉鞋子，任由光溜溜的石头贴着脚底，清澈的水滑过脚面，吸咬人的小鱼，怎么赶也不离不弃，弄得人麻酥酥的。本来准备沿溪水上去，找找它的来处。

庙宇前的一个青衣女人，唤着我们，去吃杯茶。枇杷树护着路边，尽了，就是那个简朴的房舍。老尼泡上溪水茶，清香浮在杯口，叶子静寂地潜落。她光洁的脸上有了遇到人间般的暖色。喜欢她说话的平缓，不惊不诧。桌子边的笼子里，一对兔子正在交尾，她也说得洁净如溪水："在过家呢，是时光了。"

老尼唤来一个看不出性别的少年，帮我们准备小菜。麻利了一会儿，她说话了：不周全，施主慢用。我才知道她是个豆蔻女子。没想到落在此处，想想，还是此地是最好的适处了。没有人烟的污染，静静地生灭是一种时间的善待。

小尼领我们祈祷，面对淡淡的烟火，我们虔诚得像门前的树，树边的芝麻，芝麻外的稻田。一切的围绕只是让庙宇在中间，香火在眼前，有一种东西在心里。

那个小尼在离别的时候，盯着一个同伴看，问，你的衣裳是不是玻璃纱，他笑了，说，你不嫌，我就给你。

我看到了同伴的利索，小尼的满面红晕，还有那个老尼的平静默认。顺生，坦然，近美，恬淡，好像一直没什么戒律地自然着。

我们离开了，她们荷锄去了山边，给芝麻除草。那件蓝如旗子的薄薄上衣飘在庙宇前的拉丝绳上。

下了山坡，见到了山体的竖壁少有的一个乌青的石块，字，已经漫灭了，有几行字，断断的依稀着。

黄梅山上黄梅熟

白云悠游□□□

□□出门报县官

莫道玄都成寂寞

再一次踏进溪水时，我一个人独独地往水的来路走，想着老尼说的一个旧闻。

第一个来到这里的人是一个比丘僧，清朝贡生。他的美妻被一个高官霸占了，他带刀深夜摸进了那家豪宅大院，女子说，你回去吧，我愿意了。贡生丢下利刀，仰天大笑而去。后来，他散尽家产，一路从江浙走到这地儿，修身近佛。每年，他外出的时候，云雨密布，但，就是淋不到他，密集的喜鹊层层叠叠在他的头顶上，像一个移动的庞大雨伞。

溪流的尽头是一个山洞，我们顺着青苔滑腻的石壁摸进去，岔洞多多，不敢乱走。黑压压的蝙蝠在头顶上轰轰炸响。我们没有再往里去，因为，水已经堵在了洞口的上端。我拣起冰凉的水边的尖石，在石壁上刻着三个字，每一个字是我们名字中的一个。我们想留下匆忙的少年时光，到了山外，我们会忘记它们，它们也会忘记我们，有一个组合留在了这里，就像任何一个组合都会散伙的，我们没计较那么多，因为，我们来过了。想留下的，但，谁个身能由己。

一年以后，我们知道了这个山洞的名字，她叫花山，又名褒禅山。

在环峰里，稻田中。

勺老太

一批老人留在了村庄，是后来的事。他们是挂在树枝头最后的黄叶，一阵北风就会悄然落下。

早年，村子的老人很少，勺老太还在盛年。她经常扭着不见老的小蛮腰下塘沿去，提在手里的一篮子衣服摇摇摆摆，端着早饭碗的男人们有意无意向她的背影瞟一眼。

经常在她家山墙上抓蜜蜂的孩子们，敲她的门，喊着："勺老——老——太，起床偷菜去了，迟了没有了。"她突然拉开门，笑骂不止，你们这些个挡炮子的，不把老娘喊老你们长不大啊？

那时候的勺老太是村里的闲人，她男人在南京的一家酱园里做工，吃穿不愁，那点工分，不用眼瞟一下。却有不雅的喜好，趁人农忙时，她去了村外，沿着稻田埂转悠，见到豇豆就摘，摸到茄子就采。她的三个孩子在男人身边，一个人也吃不了就送到邻居家。那时候，家家的菜吃不了，也就任她去了。一个菜不够吃的光棍汉就不干了，一次，把她堵在芦粟子高高的窝风处，要抢回自己的菜。勺老太死活不肯，说你摸捏我一把也成，我出手摘菜是不还的。

那个光棍汉后来经常深更半夜敲勺老太的门，村子里传开了。他的男人从南京赶回来大吵了一架，我见了那个大她十岁的男人脸都气变形了，他恶狠狠说，你太无耻。

勺老太一本正经地说，我满嘴白晶晶的好牙啊，你才无耻呢，掉了几颗了，镶金牙作假呢。老娘的身子是什么人都能碰的吗，你这活猪！

勺老太还有一个爱好，喜欢掐小孩的无名指，我的手指就被她掐了无数次，现在想想还有痛感钻在记忆里。后来，我看了弗洛伊德和相关的心理学书，才知道了原因，也验证了她的表白。

有一年，来了一个台湾的老人，带着妻儿，轰动了整个村子。他们逢人就送一枚金戒指。好几天，村子里挨家挨户请他们吃饭。我听奶奶说，那个男人是勺老太以前的男人，后来他去了台湾，她就改嫁了。

一场谈话是在我家开始，我在房间看小人书，听一个村子里最有威信的长者说：能活着见面就是福，过去的事怪不得谁，以后当亲戚走。

那以后，我没再见过勺老太太，她一定老到名副其实才死的。

看水

看水，是我老家宝塔圩一带的方言。夏天干旱，排灌站抽水浇灌田地，一路要人照看，防止漏水或中途邻村人放水。

通常，抽水灌溉的季节也是我们放暑假的时候。个子比锹把子高的孩子都参与过。

那时候的排灌站在村子西北的牛屯河支流上，水渠经过五个自然村，才能到达村西头的一片旱田。

宝塔圩是不缺水的，河网密布。一旦大旱，最深的河沟也会干涸见底，许多的稻田就会旱得冒烟，但圩区的稻田还能在附近的深塘里就地车水。

西边的岗上那一片地，成梯形下到后头沟的边沿，沟里水草都枯黄一片了，没事的孩子一把火点燃烧个精光。水，只能向排灌站求救了。

灌溉是要提前排队的，轮到了，整个村子大人大孩子都出动了，沿一华里的渠道，隔几十米把守一个人，三班倒看水。

白天，骄阳似火，地面的灰尘烫得人一跳一跳的不敢下脚。刚出校门的孩子，一天晒下来，夜里就睡不着了，热辣辣的皮肤痛得不能粘席子。第二天就起了水泡，几天下来，白嫩嫩的皮肉，变红，经过水泡的收缩，到紫红，再要晒几年就离古铜色不远了。好在，没等到成为铜器，我们又回到了校园。

看水不紧的白天，要好一点。排灌站的出水口是深深的方形水池子，常年蓄水，青苔滑得像溜冰场，最先在那里把守的人就会顶着破草帽藏在水里，半个小时，最后的人向前压，轮番泡进去。

水从密集的水草里抽上来的，凉爽和井水相似，泡好的人，沿着渠梁往回撤，渠道光溜溜的，水草粗绿得特别，真会找一个好地儿生长。有经验的人，要看看内外有没有翻水，一个小孔，有时候在不经意间，一个大豁口子就形成了。何况，经过的几个村子里的人，乘人午休时，打开了原来封堵好的老缺口，那是轮到他们村灌溉时用的，但，许多争吵就与这个缺口关联，甚至伤及生命。

在一个蚊虫疯狂的夏夜，值班的人遇到了不明来路的花蚊子，被叮的人高烧不止，撤回村子，用院子里采来的野草敷肚皮，村人继后一个个倒下去，水渠就任其自然流淌了。

第二天看看田里的水位，岗上的旱地已经早被裂土吃干了，按理，一夜下来水田是漠漠的。顺渠道查看一遍，邻村的缺口动了新土，边上还有被铁锹挖断巴根草的土块，摸摸稻棵子，水已经漫到开叉处。

愤怒，像地气一样，在村子里积聚着。

那些高烧的人，也神奇地站了起来。全村人举着铁锹、锄头冲向了邻村。拦在村口的一个中年人，大家都喊他犟拐子的，不知道说了什么狠话，就被小三子一锹扎断了右腿。

要不是一个老者的出现，两个村之间的械斗，在那个时候是在所难免。

老者拦在两队人马中间，温和地说：我们村子错了。今年的收成，我们认你们村两成。若不守信，如同此指。老者把右手小指放进嘴里，咔嚓一声咬断了。

村庄

在牛屯河南岸，离长江口不远处，有一片纵横八九华里的圩区。县志上注明是宝塔圩。几处家谱上记载着：四周高，中间低，形似倒宝塔。

四周是当时繁华的集镇，白渡桥、后港桥、黄山寺、五显镇，在地势高一些的平地上。其间隔一处处低矮的小丘，散落在集镇周边的是大大小小的村庄。

小山岗上种着山芋、棉花、花生、芝麻、蚕豆和小麦，水田里只有大片大片的水稻了。

我们的村子就在倒宝塔尖上，也说是锅底，靠近白茫茫水域。

村形很像一条盘踞的龙，卧东朝西。龙头上是一块平顶岗，北面的荒岗被一个窄窄的水沟切成两处，东北西北都是坟场，南面的是广袤的田野，一条水渠横在中间，尾部接着东部的大片河荡和滩涂。

村子一百多门子，除了几家倒插门的胡姓，多是姓吴的。传说，因背离战火，一个吴姓中年汉子带着三个女儿逃难到西边的山岗上，从此扎下了根。开荒辟土，富甲一方。男子很倔强，娶她女儿只要三个条件答应了，别的好说。一是不离故土，二是孩子要姓吴，三是要把打谷场上碌碡抱在胸口沿边缘跑一圈不掉下来。

我记忆里，当初村子都是土墙稻草屋顶，隐藏在密集的树丛里。楝树是最多的，还有刺槐、朴树、桑树、泡桐、柿子树和野桃树。水边只有水蜡烛和茭白。

牛棚集中在村子中部，长溜溜的十几间，房间隔得小小的，一根牛桩在东西向离墙不远处，两头牛窝在里面就没什么空间了。

那时候，民风淳朴。我从来没见过谁家出门干活是锁门的。给门上锁那是20世纪80年代初的事了。

春种夏忙秋收。夏天的夜晚，村民三五成群在会计家计过工分就开始讲段子。几个喜欢看古书传奇的是村子的角儿，总要说到水星亮亮的才回家；欲知后事如何，明晚接着分解。孩子们不是被鬼故事吓怕了，就是呼呼睡去了。冬天是闲闲的，许多手工活，在炭火和狗肉香里，经过了隆冬的飞雪。孩子们在水田里滑冰，或敲着两厘米多厚的冰块，边喊着“大绵羊小绵羊，上上方土墙”，边往墙上按贴。

冬季也是讲媒说亲的时候。见面、打礼、定日子、深夜过门。过年前，鞭炮声响彻腊月。我妹妹为了躲开一场婚事，十六岁就离开村子，早早地进了城市。我偷偷地送她的时候，经过一条被踩出路眼子的水稻田。她恨恨地说，除非骨灰，我是不会带着热气回这里的。

村北的山岗上，收留的都是一个个自然死去的老人。

我喜欢四季都是童年的模样，但，我还是装满了太多太多水乡的秘密和疼痛，在一个秋天的清晨，挑着一床棉絮和木箱子，离开了。

把一条快要到惊蛰的龙形村子搁在了身后。

红花草

薄暮的水乡，夕光里，有繁灯如星，遍撒中秋的田野。四周的堤坝，平缓、安宁，远对着村里的袅袅炊烟。此是江南最稳妥的时光，万物在半睡半醒中缓缓收守。

世事万物都有时间简史的，草木如是，红花草又名紫云英的也是。这群藏在《诗经》里，名叫旨苕的，一直就在我老家的门口。

红花草多半是为晚稻准备的。早稻拔节前，小腰子状的草籽撒进水田里。在稻棵丛中生长的漫漫时光，它们一直是隐秘的。田埂边，能见到小小的叶片，感觉也是可有可无，以为是什么偶尔出现的杂草。

当所有的稻谷收割以后，稻把子提到了大堤上晾晒，它们一夜间就占领了整个水乡。天边隐约的一片圩田，清一色的红花草，低低的田埂也消失了。要是说，江南也有草原，星光下，它们就是丰润无比的绿色堆积的草原。

村人晒谷归仓，偶尔下圩。忽见主茎上探出第一朵小花，此后，花们就像穿着红衣的杂技叠人，依次顶着红色的小伞，举在了低空，无边无际的小灯盏。平畴沃野又一次改变了颜色，又似无数的小火把，在昼夜里点燃上半个多月。

天幕下，偶有惊心的声音划过低垂高粱的头顶。隐在红花草丛的一种尾巴红艳的鸟，开始出没了。青灰的圆润润的窝巢，孩子们是不敢碰的。村里的老人代代传教，那是一种收人睡眠的鸟，捉不得。骑在牛背上的牧童也只会大声地呼唤，缓缓地离去。

辛苦的是村姑们，劳累了一天后，还要替代母亲们，去红花草的丛中，将遮掩了田埂边的豆荚的杂草薅去，手臂上常有红花草的碰扰，但，她们是灵犀的，温润地照拂已经粗糙的手臂。

当三五个村姑起身站立，海澄蓝的衣裳与红花草相互映照，小河边，阵阵白鸭归棚，柳树微黄，黄鼠狼乱窜，大雁在低空，那是黄昏下，留得最深远的图影。

那时候，村子里人还不知道，红花草的嫩尖是能当菜吃的。黄昏时，在外面忙了一天的人，会割上一捆，夹在腋下，带回家喂牛；更多的时候，散放在大堤上的牛，小心探滑下去，沿田埂边一条脆嫩的带状一路吃过去。

在最肥美时候，红花草们停止了疯长。田里灌满了河水，村人牵牛扛犁，把式嘴里喊着“噼噼、叱叱、哇哇”，几日后，红花草们全部翻进了泥土里。它们的用处到了，沤烂自己，作为下一熟晚稻的底肥。家乡的水稻土，没有板结的说法，就是因为有了红花草这样的绿肥改良着水田。

光洁的泥棱上，还有朵朵红花斜斜地探头，水里已经有了苦涩的辛香。靠田埂的地方多是浅浅的水沟。水下光润，田埂边巴根草婆娑伸展，那一道道一条条的地方是孩子们的。天边红霞淡下去时，提着小水桶的孩子出发了，零零落落在田埂上游动，他们在采摘红花草培养的大果子：黄鳝。

清晨收获满满一鱼篓子黄鳝。种了红花草的水田是下钓直奔的目的地，也是转身离去的浩阔的背景。没有哪个孩子会想到黄鳝和红花草之间的渊源，哪怕是在吃鲜嫩黄鳝的时候。

多年后，在一家溪流旁的农庄吃到了一种脆嫩的苗子，我感觉味道熟悉，问起，才晓得是红花草。一瞬间，我仿佛飞回到老家，在无边的红花草地毯上打滚，身下是粉嫩的红花草，草下是芳香的泥土。

寂寞飞镰

一个村庄的热闹就这样挂在墙上。那把镰刀已经锈蚀了，被稻穗子和手彻底遗忘。此时的墙面是斑驳的，凸在钉子下面的，曾经飞舞过的镰刀，很像从远古走来的文字。

许多夏天，镰刀是雪亮的，村妇们扎起头巾，在男人的号子里，奔赴水稻田，从杂草层深处下手，队列波浪一般向对面的田埂卷过去。没有人直起过一次腰身，新鲜的稻秆将右手和镰刀捆在一起，不放，也放不了，那是一种整体的飞舞，手臂、流汗的额头和绷紧了的身心。

一趟趟地往返，有起落的蚂蚱、游动的水蛇、乱窜的野鸟一路相随；艰辛、满足与收获的喜悦也不离不弃。

那些稻谷是村庄的果实，是一个盛大季节里镰刀翻飞的日子。

没人用心留意过，一夜间，田野静寂下来。青壮年涌向城里，庄稼们开始一种复古式的自然生长。收割的季节，一两辆机器，呼啦啦就过去了，收获变得匆忙而短暂。

一切都在简短过程。人们开始匆匆地直奔一种果子，当果子捧在手心时，瞬间的五味感觉缓缓下坠。没有镰刀和人气的庄稼，渐渐有了更多的稗子。

当季节再一次重返家园时，满目都是一种毫无忌惮的疯长，从村前、屋后到隐约的天尽头。

而镰刀却黯然下去了，与之一道的还有禾桶、水车、犁、耙，它们方阵一样藏在房屋的角落，沉入荒芜的深处。

桑果

官道就在我家的屋山外。一条歪扭扭的路，左边凹去的是流水的通道，往上是野草爬行的土坡，右边是菜园子。整个下陷的空间，数棵桑树披盖着上方。因为不间断有人经过，下塘沿，这里成了最鲜活的地方之一。

热闹的季节是夏天，那个坡道集聚了村里的孩子。

桑果青青时，是鸟群的天下，红了，紫了，那就是孩子们的乐园了。

桑树很怪，间隔长的树枝相反地交叉抱拥着，一棵叶子茂密，另一棵就稀疏。难道营养也能从枝条间供给？

由于近旁的朴树叶上藏满洋辣子，那些身手利索的，都浑身瘙痒地逃下来了，两手空空地蹲在地上看别人的嘴由红润变得乌紫。

果子，远远高过童年的天空。湿滑的土坡又固不住脚，最多的法子是用砖块扔向密集的树枝，红的落下了，酸酸的、甜甜的、成熟的桑果，多半被弄坏了。

与桑果有关的使坏、争夺、不痛不痒的战争，一直装在走出村子的孩子们心里，没有一个在成人的世界里再次提起过那消失的过往。

后来，还是大人们的参与，不准孩子采打，让桑果们熟透了，自然下落，每个清晨派两个孩子去拣拾，用蓝边碗装着，送到相约的几户人家去。

我们都感激有那么多的桑树，长在童年的路边，除了抓鱼摸虾，还有椭圆的麻赖赖乌甜的果子等在那里。

多年后，路过一处马路，正是梅雨的后期。一棵矮矮的桑树虬满了乌黑肥肥的果子，落满旁边的水沟里，已经成酱了。连飞过的鸟儿也懒得止步，是因雨天了？雨停下几天了啊。这个星期天的午后，我还是承认了一种现实：城市里，已经没了一颗叫童年的果子。

芦花

江岸、湖泊、小河、池沼或荒滩，芦苇正在最劲道的时光。举起的头絮，灰紫杂间，风中，勾上大草鱼的钓竿一样的，沉沉弯弯。摸摸穗子，光润无比，只是肥瘦有别，那种向地面弯下去的谦恭是都有的。

【芦花】 姚和平插画

我环河滩绕了一圈，哪里都有芦的领地。仿佛多年前，城里的芦苇全移栽到这里。细腿白翅的飞鹭，在绿叶间翩翩穿越，向空中追视是荡涤心胸的，向下就失望了，它们落在了水边的生活垃圾上。

粉底紫边的牵牛花，从残废的墙头越过去，沿芦的腰身攀缘而上，随之拉扯在湿润的风里。阳光薄薄的，我一直看着担心着，会不会扯断嫩茎，或摇落带露的花朵。

当大群的乌青野鸭青云般飞压过来的时候，芦花就是落日般的乡人，满头白絮了。枯软的叶子是野鸟们歇脚的地方。它们脚勾在杆子中央，一弹一弹的，水里的鱼，远远近近，饿了，就一头栽下去。

一个个椭圆的鸟窝，在叶丫间。在芦苇青年时，见不到，老来，毛拉拉的窝，星罗棋布起来。

芦苇要是也有家族的话，眼前靠江边的这一大片芦苇该是吴地的望族了。

水是干净的，那些不想见的东西要是长满爬山虎一样的绿色，我们的心会安静得多。

我等着轻盈的芦花，采一束握在手心里，摇晃成一个微型的雪天，飞过湖面、江堤、茅屋，领我们的视线翻越柳群和豪阔的江面。

我祈祷这一片芦苇永远在这儿，城里，累了，做一只无名鸟儿，飞栖在那根不高不低的芦花上。

打竹柴

白露前，在乡下，田埂、丘岗、渠坝上的荒草已经被割得差不多了。村民是有经验的，不连根铲，只是割去上半截，留住根系固定水土。

除了烧锅外，还要用竹竿插篱笆墙，编席子，扎晒被子的笠子。滩涂边那点野生竹柴是不够分的，人们的眼光挪到了十华里以外的江心洲。

鸡鸣时起床，装上一袋子炒米，把长绳绞在扁担头部，腰间别着草鞋和砍刀就出发了。一路上寒森森的，到了洲边的大堤上，太阳正好从竹子的头絮上探出头。

满江洲的地面都是散乱的枯叶，主人拉下的大半截竹柴是外乡人盯着的目标。砍、扎、捆、挪，就有了大半担子，汗水已经在上身结了盐粉子。我和母亲坐江边，歇一歇，顺便就着江水用炒米充肚子。

下午以后，主人家的柴垛子就成了目标。无数截火车厢一样的方垛堆满江边。它们的主人是应接不暇的，一有空隙，就有人冲上去，抽几根长柴就跑。成年人远远地在接应，奔跑不息的多半是半大的孩子。

许多男孩子被主人抓住了，拿回竹柴还不算，脸都被抽出一道道血印子。捂着脸猛跑开，站定了，敞开手心，有了丝丝的血色。假模假样地转几圈，找机会窜向看似没人的远一点的柴垛。

那个长得桃花水色，身材丰满的姑娘，被一个壮汉抓住，哭闹声惊飞了阵阵野鸟，也引来我们的围观。

小姑娘拼命地抓住手里短矮的竹柴，说是自己在一块被主人遗漏的地方砍的，那个凶凶的男子一口咬定是偷他家的。抢夺中，姑娘的手已经磨得血肉迷糊。她的姐姐看不下去了，冲上去就要给男子一个耳光，被壮汉攥住。他说，你敢打老子耳刮子，老子把你衣服给剥光了。周围一片嘶喊，他才放下手，却转身扯上一截粗竹竿，恶狠狠地扑向那个姑娘。

那个姑娘撒腿就跑，一直跑到江内侧的水湾。意外发生了，不知道是脚下湿滑还是姑娘要证明自己清白，不一会就沉进了那个水色幽幽的荡子里。母亲看见我要起跑的架势，一把抓住我，不许救，那里淹死了太多的人，你水性再好，也搞不过底下的水猴子。

我们看见了那个壮实的男子，扔下手里竹柴，狂奔而去，一头扎进水里。大家都蜂拥过去，一瞬间，什么也看不到了，那片深深的水荡子只有水草在缓缓荡动，连水泡也没有。这是我在水乡多年，从没见过的，我相信了母亲。

所有的外地打柴人都收起担子，多的，少的，长的，短的，没人再劳忙了。

整个江心洲一片静寂。我抬头看看江岸的那边，荒草顶上，血色的云彩染红天际。

韭菜

在水乡，我们全家人，除母亲和奶奶留在了山岗上，全部离开了。留下了老屋，和荒芜的菜园子。

此次回老家，园子里杂草有半身高，满满地挤在门前。从里面绕半圈，一垄韭菜还在扑簌簌地生长。不知道是哪个邻居在收割并施肥。

几年前，就有族人建议我，找个适当的时节，把韭菜根带到城里盆栽，只要保证有尿肥，新鲜的菜是有的。

奶奶要是在的时候，就用不着这么麻烦。每年八月中旬，韭菜茎秆上顶满雨伞一样的小百花，一个月后，就会采收孩子瞳仁一般乌黑黑的籽实，用布袋子装好，挂在面阳的内墙上。次年二月二，地气旺旺地涌动，在迎阳的地方找一块地，整理光洁，打上整齐的小凼子，施足底肥就行了。在城市的阳台栽培，想必也不是问题。

一小袋籽，就把故乡随之带上了。

以前，夏忙的时候，除了水里的菜，比如，菱角菜、鬼见愁的茎、茭白，地面上菜最顺手弄上的就是韭菜。午饭匆忙的，母亲就说，割把韭菜来。清香可口，方便快捷，还能长精神。

那时候的弟弟身体是孱弱的，最明显的特征就是脸色白，不长身体，经常拉肚子。有经验的奶奶指派父亲，用撒网去门前水塘网几只大鲫鱼来，明矾水煮开，鱼也清理好了，放水里炖白汤，撒上韭菜段，再煮几把火，让弟弟连汤带鱼吃下，渐渐就好了。

这次，我是准备把韭菜带走了的，车后备箱里就装满花盆子。我要连根和土一体拉到城里的露台上，那样，早晚施肥浇水，抚抚看看，推开门就能见到实实在在的老家。

邻居们说，现时节的韭菜，长得慢，正是含肥保命的时候，要移栽，还是要等明年春上。

我只好看看它们了，山岗水渠带不走，荷塘田野带不走，院落还在老屋前，连带走韭菜也要等待时节。

割几把韭菜带上吧。

栀子花

老屋的伙房有一孔圆圆的泥洞，光滑如玻璃，猜想，原意是让黄花猫进出的。暑假时，我们在柴窝里扒开粗糠，捉土鳖，抬头一看，正对着那一簇栀子花。

篱笆几根，也挡不住那些肥厚的叶片。大花苞绿中总有螺纹的白缝的，有着开放的样子；小小的花苞，绿茵茵的，小铃铛一般散漫在枝丫；只有那些铺张的白花，白鸽一样蹲在枝头，栖息不去。

老早的时候，还用篮子装满，跟着大人赶集。后来，村村有，就没人要了。回来，路上飘的都是浓厚的香气。嫂子媳妇们说一声，好香，就送给她们了，带回家，也会黄蔫了的。

夏夜，采几朵露滴滴的，甩甩，用别针串上，挂在蚊帐里，安稳的梦里也浮动着清香。

孩子们多半是心急的，用饭碗装满草木灰，兑上水，弄得水滋滋的，把大花苞插在上面，要比栀子花树早开半天。关键是夜深了，门虽然开了，也看不见花开的样子。

这一碗花，就在眼前，慢慢张开，仿佛听见花开的声音。

屋后的新媳妇姓白，是从老远的东北来的。听说，她被叔叔带着，满中国跑。最后，停脚在我们这个村子。说来原因也简单：在打谷场上，姑娘遇到了一个肌肉结实的小伙子，叔叔看见的是当时的稻田里穗子正沉甸甸地勾着头。还有一个原因说了真不算什么，她被我家门口的栀子花给迷住了。

栀子花最芳华的时候，我还护着，不让人家乱摘，但，奶奶放话了，白姑娘想要，随她，满她的意就好。

唯一一次，我躲猫猫，进了栀子花的丛中，露滴落在我头发里，几天都香香的。我怕人说我女人家，用肥皂洗了几次还是徒劳。以后，再也不想躲在那里了。

城里待久了，流连那种浮香。养花种草时，我首选了栀子花，但，怎么养都是瘦瘦的，花也寥寥。

也许，一种根植永不会重复了；有了，就要深深地伴生，不在眼前，也会种在你心底。

玉米

在城市的饭桌上，低着头啃玉米，心事是不是飞得老远。

老家的屋前除了两棵柿子树，菜垄上全是青菜、菠菜、韭菜、大蒜、茄子、黄瓜和几根甘蔗。玉米在我家屋后头，现在是一对残疾人的园子。东西头是人家，山墙是自然的挡护，南面扎上篱笆墙，矮坡上开了一个柴拉门是主人抬眼见着的院子的北面，拐角的一簇石榴最显眼。

园子中间原来是要盖瓦房的，石基已经打好了。原来的男主人去山里挑山芋，喝多了酒，口袋里有几个臭钱，就跑到一个混熟的寡妇家，结果，被另一个醉汉打死了。

人去地荒，残疾夫妇收拾了杂草，在一个春天的早上，栽下一排排绿色的玉米苗，那也是经过柴门时看见的。从我家后面，什么也看不见。墙高高的，高过我的好奇和视线，只有树荫在牵牛花上摇晃。

初夏的时候，玉米穗子在墙头上探出头，我们才惊喜，原来玉米秧子能长这么高，穗子上的花小麻雀嘴角一样嫩黄黄的。等待就是这个时候开始的，我们吃过父亲赶集时买回的玉米棒子，香甜馋人，没想到是在长长的叶片丫子里长出来的。等，像八月十五等圆月爬上来时，吃月饼、菱角一样的等。

玉米须子开始是白嫩的，草绿要经过几日，淡黄、深紫和褐色是个漫长的时间，也是玉米成熟的过程。一场密集的梅雨后，泥巴墙倒塌了，留下了一个豁口，看到了无数饱满的玉米棒饱满地露出了一粒粒身形。

不能抢，也不能偷，我们替主人尝尝鲜，看成熟了没有可以吧，而后，我们去告诉主人，可以收获了。

放在饭锅里蒸，一揭锅盖，清香弥漫。啃在嘴里，香甜四溢，从嘴边开始，向周身散去。

当时，不知道玉米须子有药用价值，主人们收割完了，一把火连杆子带须子全部烧掉了。

现在想起其用场，真还难找。

我给邻居打电话，说城里找不到玉米须子，老家有吗?

他答应得很乡土：有的啦，要多少有多少，我帮你留着。

这种须须子，中医说，能治疗很多富贵病，比如高血脂、糖尿病，我的泌尿系统结石也指望它了。

红的、紫的、褐的、黄的须子一大包带到城里，没想到，这么些年，老家还是一味药，惜顾着我们生长。

护生草

我早年不知道它叫这个名字。在两个村庄间的山地里，顶着蝴蝶般花朵的蚕豆在猛劲地生长，棵棵间距的空处，你总会看到它们。垄边阳光照射到的，贴着地面，叶片肥厚，微微泛紫；淹没于蚕豆丛中的，细长脆嫩。我们那地方说的野菜指的就是它了，学名荠。

初夏的时候，孩子们提着篮子，比画着小铲子，冲一块地去了，那里荠菜密集，面积也广。孩子们的微型战争也是在那里打响的。勤快的篮子很快就扑满了，懒散而强势的，在抓虫子玩，等玩够了，就冲弱小的孩子下手，撕拉到动拳头的事是常有的。最严重的一次还导致两个村庄成人间的厮打。

其实，在水乡，梅雨前，叶片锯尖的野菜到处都是。山地、田埂、渠坝，菜园甚至门前屋后，只是山地多一些罢了。

阴历四月上旬，坚硬的秆子挂满三角形的籽实，白白的抱拥着的小百花已经回了土里。大人们用秆子煮水喝，说是能治疗白内障，我不太明白。少小的时候，没听说过谁家老人有这个病。是吃了野菜，还是那时的泥土、空气、水要比现在干净得多?

草席里常常见过僵干的野菜花茎，母亲说，有了它们，你会睡得稳，臭虫会躲得开开的。

我留意过，有荠菜的窗户下，菜园里，蚊子就离得远远的；多年后我才知道，荠菜的茎叶能避飞蛾和蚊子，因此，唤作护生草。这个人、物、虫、植相存的地上，一种生命凶克另一种生命；也会有，一种温暖把另一种温暖捧在手心。

夏夜

月色是从门前的石阶铺到远处的沟渠的。夏夜，风从东南来，吹过水塘，田埂、收割后的稻田，聚拢到那边的荷塘，阵阵香气就进了村子。

晚饭后，家家户户把篾床搬到塘埂上。放不下了，就搁在被踩得光整的旱田里。一排排一阵阵，像极了大河里顺流而下的木筏。

家里有大孩子的，还把方桌子骑在宽阔一些的水跳边，上面再架一个更小一点的桌子，顶上盖上被单，睡在下面，风起帘动，一个小小的蓝空下的房间。

月亮在塘对岸边移过来，游过波光粼粼的水面，蓬勃的水草，嬉闹的鱼群，孩子们的梦语，大人们的呼噜声。

总有个别懒散的大人中午睡饱了，在夜深人静时，沿着荷塘向沟渠那边晃动。拍拍路上的方形水泥电线杆，划划路边的野草，就到了被薄薄的月纱笼盖的菜园。南瓜、瓠子、辣椒、茄子被黄鼠狼们碰动着，过一会就睡得沉稳了。小河边的茭白叶子哗哗响，仿佛是辛劳一天的母亲，还在给孩子扇蒲扇，赶蚊子。

许多懵懂的时光就是这样在夏夜里缓慢走失的，有些孩子去偷偷采藕，有些三五集伙偷菜，去某处小屋夜宵去了，更多的已睡着，口里流着口水。那个独自离开人群，走向月色的最深处，一直走到后怕时才折回的孩子一定是我。好像要把这一切细细地记着，我早早地就预感到有一天会离开这里，尽管祖祖辈辈都埋在村北的山岗上。我背不走它们，可我能把它们刻在血脉里。

这个夏夜就被我装在了心里，走过了江南海北，山顶平畴。夜夜还乡。

蚂蚁

蚂蚁们拖着一冬的粮食，浩浩荡荡地经过路面，顶上的黄叶挂满枝头，不忍落下。

近处的花草在紧紧的秋风里，没有多少粮食供给蚂蚁，它们是在哪里遇到一个庞大的“粮仓”。细细看，不知道是什么东西，白生生的，一个个圆滚滚在它们的臂膀间。

它们的巢穴在下水道的上坡，一个坚固的石头缝隙里。砖块是反凹形的，正好盖住顶部。这种与生俱来的对自然的适用，与万物同源。

女儿上小学时，一篇观察蚂蚁的作文，被老师打回来一次。我问，要不要我看看。她犟着脖子，说自己来。她端着一个小马扎去了洗手间，灯光虽然昏暗，却低头观察得很投入。交作文时，还是被语文老师喊到办公室去了。我在校门口接女儿，她的眼泪还挂在眼角。此后，她一说写作文就浑身不自在，比家长在孩子面前说成人间的事还讳莫能深。我后来收拾女儿房间时，见到了那篇作文，有一段我印象深刻：“那小家伙多调皮啊，爬进下水口干吗，我一倒水它就滚下去了，今天发生6.12事件了，它会跑到哪里去了，永远找不到妈妈了。”

后来，我见过一次女儿的语文老师，怎么看都觉得她可怜，具体的又说不出为什么。女儿有一次去涟河，回来时写日记交上去，有这样的句子：“涟河在我们身后啦，我们看不见了，晚上睡觉时，河水还在我脑子里流着。”老师在右边用红字写着：脑子进水了啊，瞎想。

看看眼前的蚂蚁多自在啊，连树上的黄叶也在风中抖动，不忍落下砸了它们。我要是问女儿，她会不会说：做一只小蚂蚁多好啊。

那个叫蚂蚁的女子又一次北上了，丢下了儿子和瘫痪在病床上的丈夫。我不知道发生了什么，但一个男人为妻子跳楼，一定有着我们不能懂得的爱意。而女子放下一切的离开，也会有着撕心裂肺的过往。

人的一生遇到什么样的人什么样的事，会影响你的一生，特别是年少到年轻的时候。

黑鱼

这种黑乎乎黏糊糊的鱼是水里的清道夫，记忆里，有水草的地方就有它的影子，在夏天的沟塘河荡里。

傍晚，早稻勾头的时节，村人们会在与河水相连的荒滩浅水里插上草球，撒满炒熟的麦糠。天亮前，用水车汲干。鲢鱼、鲫鱼，甚至老鳖顺水淤到一处，就是不见黑鱼。它们早早钻进淤泥里，办法还是有的，用铁锹一划，它们就卷卷跳跳现身了。

许多时候，毒日头下，它们静静地在水草边游荡，闭着嘴，不见尾巴摇动。有经验的人，用竹尾扣着绳子的鱼叉，对着它头的前方扎下去，跑掉的很少。一次，我在一口水猴子经常上岸的水沟前，就飞叉扎上了一条黑鱼，它居然连鱼叉带杆子游到水中央。我不敢下水，喊来薅稗子的父亲，才把它擒上来。放在家门口的空地上，弟弟淘气地躺在地上和它比长短，也就半个头的差距。

早稻开镰的时候，黑鱼的生命到了高峰期。在塘埂、河岸上，随眼见到水草上漂浮桐油一般黄澄澄的黑鱼子，草的深处一定潜伏着一对黑鱼，随时张嘴吞噬近旁的入侵者，此时也是最危险的。水乡的大人孩子都知道，用一个大鱼钩，串上青蛙，在鱼子上点水几下，两条大鱼百分之百就上钩了。

村里一个游手好闲的男人，睡饱午觉，用鱼叉扛着一个大鱼篚子，沿着河塘转悠，半天就会满满的。

我曾经沿着一条塘埂向老圩晃去。空中红蜻蜓飞织。白毛的鸭群刚从稻田里吃饱虫子，翻过田埂，扑进水里嬉闹。那阵势和千军万马卷向一个无名高地一样。意外发生了，所有的鸭子都像跳进快开的水里，呼啦啦全部往岸上蹦跳过去。细细看看，一个更加庞大的黑鱼阵涌向鸭群，这个超乎我水乡经验的现象，我一直没有弄明白。

多年以后，我去祭奠母亲，经过那个老地方。埂窄了，塘小了，淤泥挺到了水面，什么也没有了。一切仿佛没有发生过。

罗网

南阳的篱笆边，满满当当地载满了它们。根下，一团平整肥润的泥土，三棵小苗一个凼子，夏阳缓缓地抚在露珠的叶片上。

它们的生长速度比童年变换着玩具还要快，雨露几夜就沿着泥巴墙爬上了篱笆的芦秆顶端，收起如弹簧一样的须子举在空中，嫩嫩的尖子，让人心痛地在风中点头或羞默。通常，晾晒衣服的铁丝拉在菜园和房屋墙壁上，它们就会顺着铁丝游动到屋檐上。

五瓣的小黄花一夜间开了，蓝色的小果子顶端，叶片蓬松往上，条形的果子向地面垂挂，稀拉拉，一排排，渐渐地，藤蔓就有了往下的弯曲，蜻蜓滑翔蜜蜂嗡闹几天后，它们就陆续上了主人家的饭桌子。淡炒或下汤，都有一种暗含泥土的清香。

晚熟后的籽是有毒的，有经验的老人会用它来给孩子打虫，或整条挂凉在房间里的墙壁上，黄黄的嘟囊囊的等到来年的春天。

搓去表皮，瓤子洗澡时用来去污，贴心近肤体己，抹上点香皂，那毛刺刺滑溜溜的好，会扎根在皮肤的记忆里永不离去。老家用它最多的还是洗碗，油污尽去，捏捏就又干净如初。

这种水乡人都叫丝瓜条的植物，我惊喜地发现它有这么一个亮眼的名字：罗网。

也许，经历过它们的人，会恒永地留在它们的江山里。

雪在书

白洁的书房里，我摊开一册历代书家的草书书帖，静静地看着一批古人，在纸页上涉水而来。

台灯昏黄，顶灯渐亮，汉字，一群群地面上的飞奔者，拥满了窄窄的空间。

一条条挂在窗帘上的汉字，也是飞舞的样子。玻璃外是拥满楼宇间的雪幕，在风的脚尖上劲劲地遒着书法的架势。草地不一会就是白纸一张，探出的草尖是汉字的骨架，是古人放飞到今天的鸽子。

推开门，向江边去，雪粒从发边、衣角滑落或吸附。目力所及，是一团团无名飞绒的奔忙。也许是水雪，在春气潜隐的大地上，它们很快就融化了。往日里的一切，该干净依旧干净，是污浊依然污浊。

江边，停泊的船只拥住了水面。雪，成了漫天的白沙，在岸草和江边，抹着一种流行着的沙画。船多半是棕褐色的、紫红的和蓝色的，抬高在那里，江水已是背景；坡面上的荒草，任雪有一笔没一笔地书写着。

那两株江草里比老家肥壮的荠菜，叶面缀满绿莹莹的瘤子。仿佛数位遗落在历史中的狂放不羁的书家，在时间的麻绳上打下了牢牢的结子，在自然间延续，提醒着见过它们的行人。

最大的那颗瘤子该是走过寒山寺的老人吧，要把这几个字刻到门楣上，留到将来，没银子是不成的。一个字六百两白晃晃的银子，那是润笔，是多年来汉字蒸馏后的精华兑现。你一个财主，冒充富甲江南，怎么就不能让我如愿呢，那我就远游去了，让古寺的门头缺一个字，永远空白在那里。多年后，我们看了那个不般配的后来的赘笔，仿佛见了一个狂傲的老人，拂袖而去，深深的遗憾镶嵌在苏州河边。

为了躲避权贵们索字，另一个书狂进了深山。他宁愿让狂草留在雪地上，而后，融化，也不想留给那些浑浊的欺压民众的达官贵人。进山时，长发还是乌青的，再一次出山时，已经满头银白。

下山的原因，是一批狡黠的乡人出了一个馊主意，要请这位老人给黄姓祠堂书写匾额，但又明了老人的脾性。于是，他们一群人抬着空空无字的匾额，敲锣打鼓，绕山佯行，传言要请一个占据县城的日本人，也是书法行家，给匾额题字。

老人听到打扫云台的小童的传话，披上长衫，用笔帘裹着砚台、金色徽墨，疯跑下山，拦住他们去路，大声断喝村民：难道我泱泱华夏没人写字了吗？立刻，让人研墨，待墨水稠密了，老人才想起来，匆忙间忘了带毛笔。他，定然四顾，在路边揪下一截甘蔗顶子，插进砚台里，搅和几下，甩开长衫下摆，凝神静气，刷刷刷刷，“黄氏宗祠”四个字，虬龙飞舞，如雪在天。

黄泥塘

这口塘，在上下两口塘之间。下面的那口，水草肥美。因为有传说的水猴子出没，村人离得远远的。水底的鱼长到婴儿般大，也没人偷捕。上面的，是几亩旱地的供水源。

黄泥塘吊在中间，冷寂到自在的开阔。

西岸有一间爬满南瓜、葫芦的草屋。至今，我也想不起来它是做什么用的。父亲说，有一个夜晚，他在那里睡魇了，四肢动弹不得，也没说，那间神秘的草屋是何用场。

黄泥塘的水一直是远离清澈的，泛滥着雨水后的浑浊。蜡烛草只在南边疯长着，其他三面都是光秃秃的。从来没有见过有鱼跃起。有一年，塘干涸了，也不见一条鱼，哪怕有一条鲫鱼也让人心安，但，就是没有。满塘翻滚是肚子金黄的泥鳅，晚霞一般的云群掀动。

老人说，不会是全村四野的泥鳅都跑这里了吧，一种深深的害怕扎在孩子们的身体里。

那以后，多少年，孩子都绕着黄泥塘走。周边几个神秘的塘口，也没这般让人心存恐惧。

菱角菜铺满黄泥塘的时日，大人们也用竹竿绑上镰刀，耙拉，没一个人敢下水的。抽水泵贴在北边的塘角，黑洞洞地看着。

我离开村庄的那个夏天，黄泥塘盛开了满当当的荷花，颜色是水乡里四沟八荡里最丰富的：红、粉、黄、白、紫、乌、绿。我站在更高处的乡场上，等待她们一个个的凋零。手，捧在空中，仿佛她们会水化，经过夏天的领口，流淌到我的手心。

一直等到我挑上行李，路过黄泥塘，已是秋深了。

水，在我看不见的时候，慢慢消失，留下了四边的硬泥，塘中央的几团水泽。

我卷起裤脚，掀开正在枯斑着的叶茎，向深处去，想把多年里积累的恐惧，在最黑暗的深处彻底散失。

坐在拉下的荷叶丛上，深深地呼吸，全塘的荷香穿越我的身体。我静静地等待晨露留守着叶裙上的哗哗滴落声。

远离恐惧，要到恐惧的心脏里。我选择一个嫩嫩的小荷叶，用右脚顺着滑下去，咯叽咯叽几下，取出一条三节的整藕，在沟渠里洗涤干净藕和自己，才流连地离开了黄泥塘。

那根扎在我小腿肚子的刺，终于，离开了我的肌体。

柿子树

两棵柿子树，曾经生长在我童年的门前。从扬花时，我们就守着了，一直到艳艳的果子落进我们的肚皮里。

如今的皖南，一条路过去，会见到家家户户都有了柿子树。霜降之前，树叶飞尽，枝头的深橘色的硕果最打眼。

我在意了，它们多在门前，而不是屋后。这样的选择，还有活得这样的普遍，我猜过原因，结果还是出乎我的意料：它们好长。真不知道这是不是真正的理由。我还朝能辟邪的地方想呢。

细看，柿子树都不是很粗壮，瘦子的手臂那么样的，高也不过在门楣上下。从树龄来看，那时候的青壮年早已去了城里讨生活了。留下老人和孩子。种一棵或是几棵柿子树，就是一种闲暇日子里的盼头。忙时，不在意它们的生长；秋闲时，它们正好成熟了，摘几颗，抿在嘴边，凉凉的甜。据说，吃一个就能泻火，比松花蛋还见效；多了，一担子挑到城里，于马路边卖了，弄俩小钱，逛逛城里，给孩子捎点喜欢的小东小西。

柿子在青青的时候，涩不入口。对付的办法，在乡下有两种：放淡淡的温盐水里泡几天，还有就是用芝麻秆，从蒂边斜插进去，放在糠里焐几天就好。红熟了，也不能直接进口，在阳光下晒着，或放新稻谷里去焐。

胃寒的人，还是少吃，好东西，望望也是好的。比如，此刻我在江南，在飞驰的车里，看着树丛和枯草间不断闪过的柿子树，心里就塞满温暖。

我在等待鸟儿飞过，替我尝尝伸手不及的美食。一路上却不见一只鸟儿，我也没啥失落。

身在此刻，有红红柿子树的皖南，才更像我心里的江南。

谷莠子

狗尾巴草是泥土上最普通的公民。在人们的脚底越来越难找到土地的今天，你要到野外去，到植物的老家去，你会随时见到它们的点头相迎。

和稗子不同的是，离水远一点的地方，狗尾巴草最宜生长。山岗或埂顶是它们争夺薄肥、阳光和水汽的主战场。

一束束刀梭一般的长叶，抱头掩盖着其他矮一些的野菜，光溜溜玉签一般的茎秆，伸得高高的，还是被尾巴一样的穗子压成随时射向风前的弓弩。

孩子们从牛背上滑下来，随手在根部扯断两只狗尾巴，把穗子打成结，杆子互穿而过，一拉一收的。一种自然里想象的乐器，没有音阶，但，孩子们能听到天籁般的欢乐。寂静有时候也是一种音响，从满眼的稻香里飘压而来。

成熟了的狗尾巴草，把穗子搓一搓，颗颗小籽放在白纸上，用嘴轻轻地吹，它们就会行走，那种潜在的力和轨迹隐藏着深深的秘密，这种叫“赶猪”的玩法，乡下的孩子都有过，但，没有人说出它的神奇。

大人们经常用狗尾巴草的茎秆做牙签，孩子们就没那么实用了。他们斩头去尾，带上一根秆子，去了晚稻田埂边，耳朵贴在草尖上，找水淹没声音的来处，一批蛐蛐蹦蹦跳跳地弹离了压田边的菜籽壳。用广口瓶子装上两只二尾子，狗尾巴秆子就是挑拨的工具了，它会领着孩子的意思参与一场厮杀。

在大地的胸膛上，我们走远了，这种又叫谷莠子的草还在默默衍生。只要有风，远走的人或野游的客，都会领到它们的情谊。我过了江后，还会见到它们涉水而来，不谦不卑地摇晃在我的梦境里。

罟网

小女孩手里的篾片梭子上下翻飞，碎花围兜里躺着雪亮的剪子，她抬头看了一眼楝树花上的喜鹊，又低头忙起来。

吹过菜园里的夏风，经过她毛茸茸的耳边。

阿黄摇着尾巴在女孩身边，转转，嗅嗅，罟网已经在脚底摊开一大片。这种黄灿灿的网只是初始的，织成十多平方米的圆筒状就算收工了。

看看那个架势，估计有三米长的样子。女孩站起来，用臂膀量着，开始笑了，估计她完成了父亲交待的任务。她扔下梭子，跑进屋，用水瓢在水缸里舀水喝，很满足地舒了一口气。

“阿黄，阿黄，我们玩去。”

神经兮兮的黄狗假模假样地咬着小女孩的裤脚，向荷塘里走去。玩的事情之一，就是小女孩采荷叶，阿黄用嘴把它们叼到门前的院子里。

等父亲下工后验收，进行下一道工序。那个精干的中年人，回来时带来了腥热的猪血，估计是在胡三家弄的。他扔下铁锹，往盆子里兑着一种黄澄澄的液体。搅均匀后，把那堆织好的网又比画了几下，放进盆里一段一段地浸染，一寸一寸摸捏到，直到全部的猩红。而后挂在树丫上，一滴滴血，沿着树干，蚯蚓一般往根部游。

风到半干时，散开，放在搭在四条长凳的芦席上，晒上数日。

原来是黄的，现在已经是赭黑色了，软软的已经变得很挺手。这样就能经历塘水，受得了风雨和暴晒。

顶端的网上，固定上十几米的桑麻绳子。最后的一道工序，在像裙摆一样的地方扎上四五厘米长指头粗的铁驼子。

在水乡，几乎家家都有这样的罟网，和水车、镰刀、铁锹一样放在屋子里。

生存的要求不过是谷物、鱼虾、蔬菜，草垛上散步的鸡，有了它们一切都有了。日子就缓缓静静地过下去。

【采荷叶的小女孩】 姚和平插画

板栗

山坡上那一棵板栗树已经到了成熟的秋季。山民是偶尔遇到它的，回家找来竹竿、铁锹、塑料皮和篮子。铲除了根部四周的杂草，用铁锹划上浅浅的防滑道，塑料皮就伞一样地撒开了。

丘陵里的山树一直野生在那里。没有山民的到来，那些圆乎乎的美丽的孩子们一定会回到根部大地里去，自行还给板栗树。到了来年春天，长出扑喇喇的新苗，看天缘了。

现在，板栗已经被竹竿子敲了下来，满满地装进了篮子。山民欢喜地捧在手心，预想着在阳光下缓缓收尽水分，再用大粒沙子把它们均匀地捂暖，加热到香喷喷的熟果。

一路往回走，山民路过石拱桥，他停下了脚，把篮子放在栏面上。这条河看着自己的童年、青年、壮年到老年的，有太多的日子在流水里，在岸上停泊着。

山民很恍惚，不忍心看着日头从热烈到温暖的缓缓失踪，他准备回家了。

风，就是在这时候劲舞起来的，压倒柳枝般地扫过来。篮子连带板栗，全部落进了河水里。

看着篮子下沉，又漂浮起来，顺水流去了。

时间能回头吗？几分钟前，板栗在篮子里，几小时前，板栗还在山坡的树上，几天前呢，我们在哪里，几年前，几十年几百年呢？

石榴

古镇朱家角，我在一座五孔石拱桥上待了半天，只是呆呆地看着几棵石榴树。

正是梅雨盛行的时节，今年的雨又出奇的多，桥下洪水汹涌，逆行的摇橹人，手臂和上身都绷得很紧。

桥边的石耳上，有三棵石榴树长得精神无比，已经高高地超过石栏杆了。我一直想不明白，那个石窝窝是多么的小啊，树的根须能跑向桥体里去？细细看看也没有啊。

没见到日常的人为的痕迹。一个小窝，一把江南的天然土，石榴在阳光、雨水中，活过了无数年。我没查过桥的历史，斑斑的桥身，陷落的石面，以及四周的古镇，估计也有数百年。

据说当年的匠人把石榴籽掺和在泥巴里，填压入石窝中。石榴是谐音石留，这个通体是石头的拱桥，石头留下了，桥也就永远在那条河上。

上海已经是大都市了，楼顶齐云。这个远古的小镇仿佛是江南，也只有这几棵石榴树更感觉是在自然中。

所以，友人说，只有这个地方能带你来玩玩了。它是上海人的老家，也像我们故里江南的模样。

我想，只要有那三棵石榴树，山林、田园或水域就会留下旧旧的身形，也会牵系着我们流连前世的影子。

【石榴】 姚和平插画

炊烟

村子在树里隐藏了，瓦屋的顶，多是半个角在那里。烽火般的炊烟是在清晨或擦黑后，苍茫的长龙一般钻出树冠的。早上时候，气温凉，烟柱沉黑，背景里暗光也加深了上升的辛劳；晚上的炊烟要悠然得多，一场落幕后的闲适。

细细在意，炊烟是衡量主人勤快与否的例证。灰白的烟柱，说明这家里一定有个吃苦能干的长子，在大人忙碌于田地的时候，孩子早早就起床了，去了牛棚的附近，勾回热气还没有散尽的牛粪，在泥墙上制造燃料，牛屎粑粑才有这样白净细腻的白狐烟。瓦垄上落了厚厚黑灰的，说明这家主人是有蛮力的人，冬季的时候，他去了小河边，挖砍了陈年的老树根。门前屋后，飘满灰色粉末的，是平常人家，烧锅是稻草和油菜秆子。村子里管事的长者，经常在露重或黑幕里，满村子袖着手晃悠，他们是村子里的道德裁判者。

门前的水塘也有雾气漫溢的时候。阳光起身前，它们拥挤向草垛、菜园和房舍，只是低低的下沉的，和炊烟有了高低之别，有了水火的区分。只有在树干上，墙壁上，高高的玉米顶上，才能看看它们相亲相遇的痕迹。

要是炊烟起于夜深，那一定是孩子的作品。满村子玩乐累了，会有坏孩子领队，朝村外的菜园里鬼鬼地摸过去。南瓜、茄子、黄豆和附近的藕都会取来，找一家开伙，那种心照不宣的诡秘，只有火塘知道，炊烟领会。

不知道是哪位高人指点，七爷爷要用火药熬的水治疗他的怪病。那个中午是最紧张的，锅里热度不能高，那会燃爆了火药，不能低，火候不到，药没药性；那一炷炊烟是要小心拿捏的，烟柱到了半空就断了，有时候连续起来，冉冉、袅袅，又有了星花。没几天，七爷爷还是去了，便血太多，呼吸道重伤。高人发话了，我在数百里外看着你家烟色呢，你们没按我的说法把握好火候。

有几个仲夏，我从村子的东头跑到西头。父亲是想锻炼我勤快的，而我扛着拾粪的篮子什么也不作为，挨家挨户看着门上的对联和树丛里相遇的炊烟。

那样的清晨，我想着村子是个小岛吧，树群是顶棚。炊烟弯弯的，柔柔的，白白的，画过瓦蓝、翠绿、深棕、粉红、鹅黄和青灰。

乡场

稻谷、云雀和村人都聚散在乡场上，这里是夏日里村庄的心脏。

一间间土墙根能跑老鼠的社屋，就在乡场的中央。化肥、农药、种子混合着刺鼻的气味，不经常住在其间的人，乍进去会喷嚏连连的。

四五块百米见方的场地，经过碌碡的几番碾压，光洁无比，草木灰拌合的土壤子泛着淡青色。中间是有意识隆起的，坡道顺溜而下到了边沿。这是为雨水的到来做提前准备。

夏天的乡场，一担担干湿不均的稻谷，堆在场脊上，小飞机一样的“扬抛子”，左推推，右划划，瞬间就把它们推得薄薄的，均匀如黄澄澄的地毯。阳光烈烈，随稻谷而来的蚂蚱，很快就蹦入边上的草丛里。

息场时，会有人送来甜到心底的香瓜。米黄的瓜子抠出来撒在三个角落的草棚后头，没多少天，它们的藤蔓就爬开了。朵朵小黄花，一节一个。遗憾的是，它们没到成熟的时候，天气就凉了。

吃饱歇足的小媳妇们就拿男孩子开心，许多唇上无毛的大孩子没有一个逃过她们的掌心。嘻嘻哈哈，一顿闹腾。

那时候的天气也奇了怪了，中暑的人特别多。一种像吗啡一样的“汽水”和人丹是必备的，一盒盒由挑稻子的壮汉子在会计手里领下，带到田间去。孩子们有时候偷着喝，结果，脸色乌青，差一点送命的也有好几个，物质的贫乏也伴着好奇，让后来远离的人们烙下深深的记忆。

最忙乱的时刻，是海子口乌云翻滚的午后，一场雨来势凶猛。树荫下，屋门口，男女老少一起出动：孩子俯身按住“大扬抛”，小嫂子们背绳子，中年妇女推着“小扬抛”，拢出一条小长堆，老人们也挥起竹丝做的大扫帚，把边沿散落的稻谷往中间扫。风一般行动起来的是男子们，把平时堆放在边沿的稻把子，迅捷地戗在堆好的长龙一般的谷堆上。再加盖上长长的塑料薄膜。边沿上压上所有的乡场上的工具，以防风掀雨漏。

村人的行动比夏日的风暴还要快捷，这样的事只会出现在乡场上。

乡场上的夜晚也是热闹的，仅次于水塘边纳凉的那一大拨子；星星大青豆一般撒满天空。此刻，这里聚集的多是壮年汉子和跟随来的男孩子。鬼故事每晚都会有，但，几乎没有谁害怕的。荤得溢死人的旧闻，只有这里经典无比，祖宗八代的风流韵事，都会在星月里夜夜风传。

我记得最清楚的是，一个偷稻谷的女子，被抓住了，吊在社屋前那个泡桐树上。乌黑长发遮掩着月亮般的裸体。

是我在夜深时，摸下凉床，扛上大凳子，带上镰刀，爬上树，把她放下了。她瘫软在地上，对我说，毛牙头，用我的衣裳装满谷子，让我带走。

她的衣服内层缝满了大大小小的嘟嘟囔囔的口袋，带来的蛇皮袋子被拿走了，她的第二方案还是用上了。我问她干吗偷稻谷啊，她说，大大生了痨病，用谷子换钱买药。

白花花的月夜里，一个美丽的女子，女妖一样背着稻谷离开了乡场。

土墙

红砖青瓦是后来的屋子。先前，村子里家家是土墙草屋的。秋闲，谁家造房子，都要请来大批的壮劳力。选择一块收获后晾干的稻田土，用竹篮子挑到宅基地，摊在地上，放进稻草，用脚踩瓷实，切成方块，一层层垒起来。而后，用绑上草绳的棒槌，夯打严实。

这样的土墙，经过梅雨的侵蚀，夏天蜂群的打洞，几次寒冷的北风吹刮，就会沧桑成散布在村子里的老人了。特别是墙根，裂缝像小孩子的嘴，成了老鼠和蜈蚣们的快捷通道。村人都晓得，仲春的时候，挑来新土，帮墙根，坡斜斜的，能继续支撑强大的墙体。

土墙的好，隆冬时节，室内是暖和的。孩子们蹲在火桶里，拖近一个小桌子，在草木灰的火坛里烧蚕豆，豆子烧熟的时候，嘣的一声炸到桌面上。豆子焦黄带黑斑，裂开一线细缝，趁热放进嘴里，酥软香甜。

土墙上也容易上钉子。农忙后，农具要上墙的。牢牢地砸几根大钉子，水车就能够吊起来，风，从四周吹来，木料不容易腐烂。镰刀们也像休闲一样排列在墙面上，安静无声，铆足力的样子，等待下一个忙季的到来。

夏天，家里是清凉的。大门后门全部打开，东南风穿堂过，铺一张凉席，劳累后不用担心外面灰尘烫脚的炎热，就会睡得很安妥，要是有个竹篾做的躺椅，那就是神仙了。

山地、荒滩上的香瓜到了收种子的时节，老人们选上好点的稻草灰，将瓜子连同瓤子和蜜汁，揉在灰里，在手里盘成一团，站在条凳上，用力粑在墙上。也只有土墙才是种子们惺惺相惜的临时的家。那些黑中带黄点的粑粑们，像一个个大大的黑痣，更像是无数村民们共有的家徽。

在水乡，最好的柴火不是稻草，不是“膏排”，不是菜籽秆，也不是芦柴，而是牛屎粑粑。土墙是这种燃料最好的天然工厂。孩子们勾来牛粪，趁热把它们巴在墙上，秋风一收水，一垛垛码在伙房里，大年三十才用上它们。猪头、咸鸭、老鹅放进大锅里，牛屎粑粑架在火塘里，小火慢煨。半天后，连肉带汤盛上大半碗，撒上炒米，那种香，吃一次就会晓得什么叫此生不再。

风雨总是常有的。村里的土墙，一方方地在倾斜。开始，还有人用木头打桩，架着杠子，大家齐心协力，嗨嗨嗨，“一日一日的”把它们扳正。后来，就换上了红砖，没人住的房子就随它倒塌了。

土墙，和童年一道，在后身晃悠。总在一个不经意的月圆之夜，一头撞开过来人记忆的大门，直愣愣地堵在你的面前。心，立刻分外柔软。

车水

水流在河床里渐渐蚀下去，渔网状阅历深深的裂痕从岸顶铺向水面，而且，每一个口子里，都有枯萎的禾草。没有人在意河蚌张着对天喊叫的嘴。这一个深夏，水乡是蒸笼，渐渐地只有太阳在燃烧，空中失尽水汽。田里的等待饱浆的水稻，全部趴在那里，没有水的扶持，不久，就会瘫软在干涸的泥土上。

水渠的长臂伸手不到的地方，水车是能救庄稼命的。力大的汉子，一甩手卸下老屋半空的水车，肩头上支着锹把子，掂量准重心，扛起来，冲进晨色没醒来的田野。

仿佛一窝伸出黄喙的小鸟，大鸟们迟了一步，孩子就会饿伤。这时候的村人比救火还奋不顾身。水车落在田埂上，肩头已经拉去了老皮，沁出血丝。

没人再顾这事儿了。挥起铁锹，铲去埂外边的草皮，豁开田埂中部，打造出一个水窝。水车停当的地方，洒上水，赤脚踩出光溜溜一个坝子，将两个支角深深掼进去。吃水的下方，也要挖去稀泥，停车息担般的安稳才行。有经验的村人，将水车安顿好还不算，车水过程中是否省力，里面有许多门道：坡度，吃水的深浅，桡子的光洁度，车体是不是一直在顶头的阴凉下。

剩下的就是体力和配合度了。两个人，一边抡起一边的桡子，左拉右推，配合默契的，水流平缓，清冽冽地翻过脚面，流向嗷嗷待哺的稻田里。机械的事情，伴有心性的抚慰就有了奔赴目的前的美感和舒适，比如，此刻的号子或歌谣惊动天空的鸟鸣，一波一波的，是一种对辛劳的驱散。

远远地见到车水的大人，孩子们就会围过去。你想想啊，几个水车插进河沟里，不到晌午，鱼群就会在浅水里窜，最先能抓到大鱼的一定是孩子们。大人只会假假地笑骂，让你们这些个挡炮子的得了便宜。

至于晚餐，通过车辐子进入水窝的鱼也够了。那些鲹苗子，红烧起来，撒点红辣椒，做对付疲劳的下酒菜最适合了。

稻田救回来了。水，去了田里，不多久，也会全部进入空中，雨落时，再一次回到水沟里。

但，村人手指根部的茧子会不断累叠，就像塘泥堆进油菜田，一层层的，留下时间的深度、生存的水印和生命的密码。

【水车】 姚和平插画

草垛

早稻收成后，立马要耕田耙地抢种晚稻的。稻秆子打成把子，要传到田埂或堤坝上晾晒，为下一茬庄稼空出场地。这个过程，云雀们一直看着蚂蚱在稻草把上面蹦跶，辛劳的人，没这个闲心。

一溜溜一阵阵小人样子的稻草把子，铺压了野草，吸收着阳光，渐渐地就不再水淋淋、硬邦邦的了，它们委顿在大地上。

秋天的雨说来就来，村人不管在什么地方，都会云涌着奔向稻草把子们，选一处避风的地块，将它们旋在一起，层层叠加。锥形的顶尖高到举手不能够着的时候，在顶部盖上一个大束的帽子，远远地看，像零散的碉堡，也像粮仓。

没干透的，晴天来了，要拆开重新晾晒，内里热烘烘的，像小蒸笼，蝈蝈一跳一个，消失于草丛。

风紧秋深了，草垛就要移位，一担担挑向村子，堆在门前的空地上，散劲儿。不要太久，选一个阳光烈一点的日子，全家人齐上阵，打捆，六七个稻把子捆成一捆，整齐地堆放在一边。家里的男主人，早早把旧年的草垛地平整晾干了。这时候，他就搭一条毛巾，当起了把式。码草垛时，草根在外，头向内一层层垒加。有经验的草堆几年不倒，嫩手，一开始就会不断地推倒重来。

到了一人高的时候，要让有力气的孩子，用铁叉扎在草捆的腰部，甩身悠上去，最难的是快收尾了，那个高度是力气活加技巧。一个有模有样的草垛形成，集中了乡下人的生存智慧。

草堆是冬日的柴火，春天的草鞋，秋日的床垫，也是耕牛的草料。用处，也许还要多一些，那要看什么运道了。有一年，一场微震过后，风传大震就在后面，家家户户掏空了草垛，当做抗震棚，暖暖的，不比家里面差。

孩子也会利用草垛，躲猫猫是一种，有时候也带上一个小板凳，手电筒，几个人躲在草窝里推牌九，星星看不到，大人逮不着。

一次，我们玩起劲了，用小布袋收起牌九，稻草伪装好洞口。一群孩子满乡场疯跑，见草垛就拍拍，逢洞口就钻钻。没想到了，在社屋边的草垛洞里遇到了会计的老婆和光棍二秃子在里面，全身精光地做着什么。大头就问，二大伯在做什么子？

二秃子伯伯翻身坐起来：我和你三婶在练功夫呢，不要乱讲！

怎么又叫叫呼呼的？

运气。小孩子不懂！

大家真的不懂，就一窝蜂趁着月光跑干净了。

【草垛】 姚和平插画

南瓜花

藤蔓顺着桃树攀上去的，黄黄的喇叭花底还有一圆算盘珠子般的瓜妞子。铺张的叶子，看见了刚刚飞离了的，是一只染一身花粉的蜜蜂。

南瓜根下的那块地是园子里最贫瘠的，白须须，爪子一样扎在灰色的土里。不是，所有的植被都来自富饶，再看一下南边的就会知道，许多根须悬浮在空气里。它们一样支撑起，茎叶走着远远的延伸之路。

南瓜花隔一截，散布一盏，艳如路灯，等到顶端那朵花的时光最好时，开始的路上，黄黄的灯盏就熄灭了，让给了下垂的果子。我意外的是，中间那朵南瓜花怎么提前谢幕了，是蝴蝶或蜜蜂，还是自身的原因，我不得而知。

人们都喜欢花儿次第开放，事实是，许多事物多会提前下车，不是每个旅客都能天然地抵达终点。

那朵盛年的花儿，凋谢在半路上，果子也随之萎靡。这让我想起一个好友，他那么阳光睿智，却把自已挂在卫生间的花洒上，没有必死的心，怎么也不会这般去的。我把一杯酒放在他墓碑前，那张春风得意的人像，曾经有多少人恨他拦住了上升的路。如今，他是薄薄的纸片，周边，冷冷的石头。

花在开的时候，尽情是好的，没谁知道更多的去路啊。一朵花，在大地上太小了，小到一个人在月亮的眼里。

我曾经端着马扎坐在南瓜花下，好奇的小手就碰落一朵粉嫩的花儿，捧在手里，要好好把它厚葬的心都有了。孩子只是瞬间的怜悯吧，手一扬就飞进了荷田里，影子也看不到了。

南瓜花在江南，是夏天里的常客，是村庄的菜谱，也是土地上最普通的公民，但，它们和我见过的人是一样的。艳丽或升落不与时间脚印相随。

茅草

家乡的茅草这时候是最有看头的，一处的话，白白的花絮齐刷刷靠在一体，仿佛一阵白鹅浮在河草上。

旱地、低坡、岗顶、田边的荒土，都是它们扎堆的地方，深秋中，一块块的，以为是谁散落的降落伞。

风起后，同步压向一边，向近旁的人致意，让人不忍心摘它们，顺手扯一片老了的叶片，也得小心，要不，手被拉了血道道是常有的事。

忙了一天，扛着铁锹往回晃的农人，会选择一处上好的絮头，扎成一束，带回做掸子或扎扫帚。扛在肩头的一捆，随人飘絮，一路撒着，来年，又会疯长一地。

孩子去采茅絮多半在放牛的回程中，耕牛在路边补足晚餐，孩子牵住牛绳头，慢悠悠跟着，选择性折一根根的茅草头；絮，是用来吹着玩的，竿子就当弓弩的箭体。

茅草好活，缺水缺肥是不要紧的，有土，贫到极处，也不能阻止它们自由生长，随风扬絮。

一代代的金贵果树都在那里依次失踪了，只有茅草伴着稻田，一路走来，还会一直走下去。其间，不知道有多少次天择，能长远，那就是生性的相遇相守了。

站在山岗上，溜坡看下去，它们是那样自然顺生，扎进见过的人的记忆中，淡淡，久久，不弃不离。

蚕豆

摸到了那棵有棱的嫩茎，一条蠕虫顺着手指爬到了掌心，丝丝的凉，它是庄稼一样承受着自然里生存的物类。父亲说，虫子们有时比人聪明，看看虫下口的叶子和豆瓣，它们都是长得最鲜嫩和饱满的。我们不能小看不能说人话的生灵，在它们的世界里，我们也是不存在的。

蚕豆，在故乡，成片的少，多是和油菜伴生。沟垄边上，它们一排排列队藏隐着，小蝴蝶一般的兰花，开得隐秘而安静。只有到了五月中旬后，它们才有了青衣的模样。那时候，菜籽已经上了谷场，秆茎上了堆，菜籽壳罩在篾栅里，只留下桩根见着从前安守的蚕豆占领了田亩，饱满的豆体，丰硕得依然无声。

身边的豌豆稀拉拉的，小白花只是温柔的陪伴，远远，或近近，还是蚕豆的江山。早一点的秧田，就在身边，它们惺惺相惜。下一次的更换场地，只是时间的早晚。植物界恪守着，节气的轮转，没有失落，连轻轻的叹息也听不到。

自然，就是这样的按序替换，今天，你是大地上的花朵，明天，我是泥土上的果子。

蚕豆让人亲，多半是最近泥土的本香。饱满的落有稀少黑斑点的夹子被剥开，指甲面一般光润的豆子，带着一弯的黑月牙，让人不忍揭开更内里的润体。让阳光收敛水分，将风雨的一切衔着，一个秋冬就有了香脆的延续，雪寒就短了半截。

总有勤快的主妇，把蚕豆剥到底，两小瓣的肉间，嫩嫩的牙尖，小黄雀嘴角一样含在那里，碰或不碰都是怜惜。

更多的蚕豆是摊晒在门前的，麻雀跳跳蹦蹦只是过场。蚕豆三晒以后就进了麻袋，一种短暂的归隐。不久，它们就会离开村子，进入小镇或远一点的烟火。就像源自泥土上的人，他们渐渐离开了脚下，去了更远一些的地方。是水，是火，蚕豆不知道，带上一把泥土的人是晓得的。比如，在城池里漂了二十年的我，想沿路返回，回到小村子，回到泥土上，回到那根嫩嫩的绿茎上，回到豆荚里，让那只蠕虫经过我的身体，就像你曾抚摸我的手指。

纷纷

我能听到叶片滴落的声音。杨絮、雪片、花瓣、星落、衣的绒絮、动物的脱毛，还有，心口上的蜕衫。在我的听觉里，它们多有声响、音符和波纹。来自初生的灵悟里，我把这一切看作是自然的沉浮和生息。所以，三生，对我是一种来自植物、动物和人的给予。我一直怀有一种跪乳的心。

让我们看看一片羽毛是怎么来到地面的。出了身体，我没在意是不是有疼痛感，鸟，是羽毛的产地。它的同类经历过病痛、枪口和自然的不适用。当这一切被蓝天稀释以后，羽毛既是天空中自由的个体，我们依然追问它们来自哪里吗？空气里的飞翔是单飞的一生。

我们就当是一个生命有了初始的源头，它缓缓地面向地球俯奔。风，是家常的，运载它到哪里，你知道吗？反正，我不知道。乡村、小镇或城市。没有人能预定它的目的地。一切的命定，风心里有数。但，风也有被时间左右的时候，所以，一片羽毛的命运就有了多重的选择。

我的愿望很简单：羽毛回到它的来处，但，北飞或南往的鸟儿已经不想收回了。

那，我们就看它飘向哪里，一片沼泽，一口湖滩，一山层林，一弯被水葫芦占领的河湾？但，它走了那么远的天路，最后，选择了我的肩膀。我感激它的善待，它知道了我的善良、单纯、柔软、潜在的怜惜、无为的自由、对物质无视的淡然以及对万物的悲悯。

怎么对待这片柔软的羽毛，停在肩头，还是放飞？

一滴水也有长长的人生，何况一片含满体温的羽毛。我再一次把它放飞去了天空，纷纷，是我们所有生命的存在。怎么过，还得遂愿自己想要的一生。

河湾

风紧紧的，从山岗的低洼处过来，路过树群，河湾冬日的黄叶。有人经过时，受惊的鸟群迎着树枝往上扑飞，枯叶受击打，又一批叶片哗哗下落，铺满水面，小黄鸭一般挤在一起，顺流南去。

河湾成了冬树们的衣柜，收藏了岸树的春衫和秋裳。树干、枝丫，简洁而孤寂地指向水的上空。

为了躲过一场冬雨，我跑进了那间废弃的旧屋里。残缺的窗外，所有来自夏天的船，已经远去了，估计，水底的竹篙凼子也掩上了新泥。

记得那时候的河湾是长满野荷的。清明没几天，尖尖的荷叶钻出了水面，蜻蜓歇一阵脚，不久，放开的叶子贴在水皮上铺张地散开。第三批荷尖出水时，孩子们就会摸到它的身边，脚，深深滑到根部，晃晃几下子，一条白嫩嫩的藕带捏在了手心，泥还没有洗尽就塞进嘴里，脆嫩，积聚了荷最初的原香。

当荷叶满得不能进入时，野菱角也成熟了，钻来跑去的鸭子总会爬落一些。派上用场是新桐油刚刚风干的腰子船。半年没上了，下水时总是摇晃一阵子，很快就稳当了。两片棒槌形的划子，一左一右，船体悠悠前行。绿茎、荷花纷纷让路，倒伏中会激起鱼群，跃出水面，落进腰子船里是极少，水乡的鱼有着丰富的避让经验。

河湾里的菱角，野的多，家的少。采摘半天，青青的两角、三角的满满一麻袋，紫红色四角的“大家马”也只是点缀。在锅里煮熟了，香甜、劲道的还是野菱角。

吃饱了芦苇叶子的水牛们，满脸经验丰富的表情，去了那片水蜡烛茂密的地儿。阴凉是显然的。奇怪的是牛虻出奇的少，不像别处光净净的水面，牛虻盯得鼻子眼睛血泥泥的。孩子们也喜欢去，骑在牛背上，采几把，回去就有了标枪玩了。大一点的孩子听父母的话，多采一些，它们是蚊子的灾星。夏夜，屋子里星火闪烁，白烟袅袅，蚊虫们跑得无影无踪。

万物间的相宜相克，总是潜隐的。就像河湾里的生灵们：鸡头菜和菱角菜可以相邻，黄鳝和鲶胡子能够伴生，但，很少见到蛇和青蛙为伍，螃蟹和呆子鱼共穴。

生存里的厮杀也是难免的。

只有当季节到了老来的冬天，河湾，才是一场落幕后的平和。生动的气息们，全部销声匿迹。深夜里，只有古老的水、悠久的风和一个绊在故乡不忍离去的人。

【河湾】 姚和平插画

螃蟹

螃蟹会飞，驾雾而来。

水乡，湿润的清秋。扛着铁叉的村人，抖开稻草，乌青大壳一只蟹，正吹着小孩玩的泡泡，贴在松软的脚印里。

田地离小河那么远。怎么来的？

奶奶说：它们吸饱了露水，身子轻了，驾雾气来的。

伸展开的稻草，在阳光里膨胀起来。螃蟹，开始在草秆上爬行。没人打扰，它们的头朝着小河或树阴的方向。村人说：飞来的多是螃蟹精，没人敢惹它们。

那对眼，两粒黑米一样的，不顾弯腰鞠背的大人，也不忌讳草垛旁嬉闹的孩子。平和，在某一个多雾的清晨，是渐渐露脸的早霞，铺天盖地。螃蟹家小，村人房大，但，等身，他们顶的天也是平等的辽阔。

秋天，有好多网。比如：帐麻雀的尼龙纱，捉虫子的蜘蛛网，抓鱼的绞丝。还有，就是套螃蟹的白丝丝。昏黄的风灯坐在爬满巴根草的塘堤上，螃蟹到了放黄时分，水里的草在隐约里弯了。

孩子们不用这样花工夫。

秋水一下，河滩露出芦苇根。许多扁嘴的洞落在阳光里。洞前，有稀拉拉一路印子。洞口堵满稀润乌泥的，那里一定有个大家伙。伸手是够不着，洞深，外扁内圆，弯曲了几道，你的手又不是塑料的。用铁锹，挖到你满头大汗就差不多了。螃蟹在泥水里，有时和白鳝住在一起，白鳝可不是静物，冷不丁蹿出来，钻在你短裤里，你左捂右按，它还是滑溜溜地跑了。不过，螃蟹也带出来了，免得你不小心被夹住了。

小毛和我挖了大半蛇皮袋，乐颠颠赶回家里分食。他鬼点子多，说你回家找个水桶来。我返回，听到大瓷缸里吱吱的声响，一提盖，里面藏了一只大螃蟹。

我俩的脸红了，好像一扇不该开的门，对着童贞，忽然洞开。

总有一种晚宴在等待，在一男一女间，菜和肴都是螃蟹。而后，永不相见，这是没办法的事。

在老圩，有一间放鸭棚，搭在一堆光溜溜的河滩上。螃蟹向着灯火边爬，两个年轻人体温没有距离。一阵尖叫惊飞了鸭群，原来是几只螃蟹爬到了床上，毛刺刺的爪子刮了女子的腿肚子。

他们翻身起来，找来钢桶锅，支起，用柴火把螃蟹煮了。对着白茫茫的蒸汽无声地咀嚼。

你见过发黄的蟹壳上支棱的眼吗，那种泪眼枯寂了的相向的哀愁？

此后，以滩涂为起点，向东的方向：水路679公里，陆路723公里。女子从水上走了，一身知青的打扮，一个年代的模样。

男的是我三叔，女的，在心里，我唤她三婶。

整三十年了，他们没再相见。

某年某月某日，村长对正在街上卖水产的壮年汉子说：生意不错啊，好好干。呵呵，你承包的鱼塘快到期了吧？说完，村长把手别在腰，踱过青石板路，消失在河那边。

夜晚，星星出来了。汉子背上半蛇皮袋螃蟹，向村长家摸去。怕让人知道，夜深才进村，汉子知道村长好赌博，靠近他家门口，里面牌九声哗哗响。村长在发脾气，看来手气不好。汉子只好坐在门槛上等。许是累了，睡了过去。松开的手搭在地上，螃蟹乘机会爬出张开的袋口，寻着泄光的门缝和狗洞朝房里爬。

一群人大呼，有好吃的，推倒牌九找锅灶。汉子醒了，把剩余的连蛇皮袋塞进狗洞。咳嗽几声，走了。

村长笑了。

来年，村长还是把鱼塘承包给了他的侄子。

多年以后，汉子对我说：怎么着，你得离开村子，走得越远越好。

他，我的由春芽直奔冬草的老父，那时候，不会想到一个事：这世上，有人的地方，就会有螃蟹。

把一只螃蟹吃成标本，你见过不?

我的大伯伯就能。也许有水乡的底子，而且奶奶手把手地教过，在大都市待了22年的奶奶是吃蟹的圣手。我家老屋的墙上满是蟹螯组成的图案，盯着农具挂满墙壁的空旷。

几十年的军旅生涯，没能淡忘了伯伯的吃蟹本领。用螃蟹自身的爪尖和半个大钳子，就能掏空一只蟹，留下完好的空壳。伯伯说：任何生灵，锁和钥匙集于一身。

多年后，我在人群中送别这位领导一个都市十年的老人，脑瓜里想的只有这句话。

我们离村庄的距离，有远有近，看对谁。我摸索地走近了城池，但，对我同学来说，依然很远。

他在郊区养了三亩田“暂蟹”，用上了多年的积蓄，眼看收成到了。高温，突然泊在了江边，漫进田里。螃蟹一夜间因缺氧，漂满水面。

他笑哈哈地叫我去帮忙吃。我知道，他要人见证他的坚硬。要说泪水，肯定堵在他心里，放出来就是那三亩田的水。但，他没有，只对我们说，吃吃吃，吃吃吃，趁还是鲜的，满脸笑出菊花的样子。

城市里也长螃蟹，每一处新住区，或校园，多半有一条假惺惺的河。

菊花黄了。螃蟹也会爬上岸，经过你散步的脚边。我捡到过。于是，回家取来手电筒继续沿河找。

贪，钢筋水泥养大的爱好之一。

没有人晓得，宿运，会在某个路口悄然拐弯。

那几天夜晚，拣来的螃蟹在塑料桶里哗哗地响，整夜，我失眠了。第二天，恍惚无力，在黑黑的楼道里把脚崴了。

日子，就这样，像螃蟹的大钳子，冷不丁夹你一下，没见到鲜血，但生疼。

界山

有没有山，或是面对一湾水，我已经没啥印象了。

那次去界山，正是春天的上半腰，空气中有树叶和泥土的味道，我们是奔向一家美食的。

一辆红旗车子，连驾驶员，坐了六个人，一个小伙子说，美女就交给我了，有温度的软座。一路笑笑就快到了。

油菜还没有开花，田野是坦荡空旷的。我们在意了一只狗闪过车前的不远处，迅速越过马路。我们没看到的是，后面跟着一只疯狂追逐的狗，刹那间，撞在车子的右前轮上。车，开不走了，那家锅巴泡老鸭汤的店面就在不远处。

在驾驶员打电话间隙，一批人拿着铁锹和扁担赶过了，非要赔狗不可，那种凶样子，我在乡下待那么多年，只有两个村子干旱时节抢水时才能见到。

驾驶员让我们不要慌，等一会儿，让他们闹闹，看能闹出什么样子来。

三辆警车过来了，驾驶员和一个警察耳语了一下，让我们上其中一辆警车，按了几下喇叭就走了，看看车后，那些气势汹汹的人，拖着死狗，走了。

我不知道驾驶员说了什么，也没在意他们的交涉。我看到的，原来和后来，截然不同。

大家争论开了，说前面的狗一定是母的，当然，后面的不是公的地球就不转了。

而我只闻到了越过马路的香味，那一定是来自经过了两个以上冬天的老鸭。

有没有山在，已经不重要了，我看到了随时适用的水流，在不远的草丛里。

枇杷

那些枇杷种子，无意间丢进了花坛里。阳台，客厅，露台和书架间，不同造型的器皿都埋入了枇杷果核。

我和你都遗忘了。不是因为去了南方，我们对日子变得内心敏感，而对身边的事物，缺乏本能的在意。

苗子是在晾晒衣裳时发现的。纤细，毛绒、嫩绿的羞怯，刚刚从泥土里探出脑袋。我们惊喜地想起，往日里丢下了什么，它来提醒我们了。

你在捡拾什么，担心什么吧。一把枇杷籽，十二口花坛子，其中，十一株刚刚生出的幼苗，我都当作杂草给揪除了。这一棵幸免地存活下来。

转眼一年了。我出差时，它是干渴的，叶片耷拉到蓝瓷的广口边。我回来时，它又活过来，如今已经近两米高了，那段时间的空隙里，你在做什么?

枇杷让我信了，这个世上只有阳台是最靠近阳光的地方，那里也离生命最近。

怎么只有你留下了，而不是别的。我听到了沿江而来的钟声了。阳光在白露那天，比往日低，刚好低进对面屋檐的影子里，是地平线的样子，把人和植物清晰地分割在空间里。

我习惯在傍晚给枇杷浇水，这样会知道天暗下去的时候，让根茎继续另一种生机。作为人类的伴生物，枇杷的存在虽然是偶然，活下了，那是一种安慰，也是一种怜悯。

谁都知道，人们只有短短的此生。

我们能永远看它在长大，不指望它永远见到我们。

只要给枇杷泥土、阳光和水，它会比我们生得更长远。

矿井

阳光也有走弯道的时候，它先折射到井口的白墙上，走过一条煤屑路，到了井口，散射到我的安全帽上，已经弱小得如漏斗中间的细沙。

我是清晨五点半从校园东门跑到矿井的，路上18华里，到了那个小屋点卯时，队长朝我笑笑，这个大学生就是准时，那些个汉子们昨晚又抱老婆了，也不怕下井没劲上来。

坐在斗车上，漆黑的升降索仿佛送我们直达地心。开始还见到圆圆的一孔光亮，渐渐地只有工友们头顶上的灯火，为了节约电源，交叉开灯。咣的一声加速震荡，落地了，其实落的是离地面469米的地下。我的工作是装车，戴上白手套，天，已经是黑手套了，握着没有横把子的铁锹，将罗盘机旋转下来的煤块铲进敞口的拖斗里。

瓦斯味真是呛鼻子，时间长了，是闻不到味道的，许多事故是因为没有仪表测试，我的几个工友就是被窒息死的，而不是爆炸。

深深的地下，微光如薄夜，是一种要命的恐怖。许多工友偷偷地带上烧酒，间或就喝一口，老李头就经常往我嘴里灌酒，我的酒量一方面是遗传，一方面也是老李头的培养。

他有一句话，我还记得："把命带到井口上，其他算个鸟啊。"

一锹一锹，机械地铲起，抬高，抛出去，我的两个暑假就是这样过去的。留下了至今还褪不去的老茧，几年的生活费，和对黑暗的恐惧。现在，我晚上进家的第一件事，就是把所有的灯都点亮着。

太阳如果还有路可走，那一定不仅是万物，还有人的心底。许多障碍都在半途消耗光线的，比如，墙壁，树干，玻璃，柏油路面，平静的湖面，我心里的栅栏。

金色河滩

所有的绿色都深入河床，河滩坦荡地呈现在日头里，连弹孔一样的蛇与蟹的洞穴，在水落下去后，也黑黝黝亮着金黄色的光晕。

长条、腰子状、残缺圆、月牙的滩体，隔水相邻，或一头连着，盘踞在平静的浩大的水域里。水草，已经是金黄的链条，缠绕着河滩的边沿；只有飞絮是轻盈的，传递着近近或远远的河滩间的信息。

河滩在人们不常去的地方，被视线或体温遗忘的远处，但，阳光在，它们一直在金黄的包裹中。

护着罩衣一样的河滩，黄色是随四季撤换的。早春的黄，浅浅地包含着绿意；麦浪在风中翻滚时，那是一种厚重的占领；暮秋的黄，有了收敛的无声无语；下沉式的黄，要到飞雪来临之前。

奇怪的是，从来就没在河滩上见过什么大树。芦柴，是天然相伴的。就像某个周年，他们说，啊，我们，一年了，都一直在那里，与时间和光线一道，和睦共生。偶尔见到的小树，都在近水处，水浅水深，决定了它们生命的长短。有经验的庄稼人会说，你见过一年的树能长多高？每年，在树苗劲道地往上蹿的时候，一场洪水，就会淹没一批小树，存活的几乎没有。所以，黄灿灿的河滩上，你只能见到稀落的秤杆一样的树，给偶尔经过的小鸟歇歇脚。

改变滩涂光色的，除了光线，就是远处，白云般扑飞过来的河鹭。它们下脚何处，那里就是大面积游动的惊心的白白的色块，而这种迁移，在清淡的河水和闪眼的河滩上，东奔西突。

举在嘴尖的小鱼，晶莹透亮，这也是河鹭长途奔袭的原因。小鱼是没有鳞片的，头已经安静了，尾身还在嘴丫边翻越着半弓形，水星星颤落，血，在我们看不到的地方。

收留鱼棚、鹅群、鸭阵的河滩，山岗上一看，依然改变不了其金黄的颜色，茅顶不在水光里，鹅鸭就在荒草中。

总有一些东西、人，或走兽，被遗忘地存在着。它们的安宁、博大，土地是知道的，爱着水土和领空的飞鸟也知道。

故乡深处的大面积的河滩，金灿灿地在那里，就是这个样子。

【河滩】 姚和平插画

白花渡

那个白发老者要过江了。

来的路上一路被追逐，这会儿到了河边，经由一个无名渡口。

我的先人宁三嫂正在水边浣衣，棒槌声惊动了鸥鹭飞飞落落。她摘下兰花头巾，做最后的整理，要回家了。抬头见到了那个白发老者，听说他刚刚过了昭关，被追赶到此地。

这儿有去江边的小路吗？

有。经过这一片水泽，翻越小芒山就是了。

西边有群鸟惊飞过来。

老者用狐疑的眼光看了一眼妇道人家，匆忙离去。

他赶过不足两百米，拔出利剑，掉头返回。

他要灭口的人不见了。河边的石缝里插了一根银簪子，三朵栀子花。衣裳，在水桶里，人，脸朝下在水面漂浮着。

老泪湿了马背。

此后，我们记住了一个叫白花渡的地方，它在玉带河源头，牛屯河的中游，我的村子的边上。

【白花渡】 姚和平插画

荷塘

出北门，弯过一条小河，村子后面，有一口方形的荷塘。我第一次见时，正是惊蛰后，塘边的水草里散落了刚刚从冬日里醒来的青蛙，眼角下吹着气泡，估计到傍晚就会有求偶的声音。尖尖的小荷，个别舒展开了，小蛙在其间蹦跶，一跳一弹，夜间的露水，滑落到水草上。

我再次来时，是初夏了，村子消失了。河也是由野外被圈进了校园里。我在岸边垂钓了半天，也没什么收获，结果午餐的酒来劲了，我晕晕地扎进了水里。老乡们把我捞起来；人送进了浴池，西服领带送到了洗衣处。那个白净净的小伙子后来成了我多年资助的对象，因为他在西门前不声不响地把我的眼镜修好了，我心存感激。

那个秋日我是记得了，河岸萎缩了，荷叶也凋零，茎秆折近了水面，漂浮的塑料袋上顶满灰尘。我从早晨待到傍晚，水清月近，清香已经是多年前了。

我要离开了，在一个冬天。一条下沉式的马路，穿越校园，把荷塘压在了身下。几次沿所有能去的路找寻，一点印记也没有了。

荷塘深埋，绿色让给了水泥，仿佛由农耕渐次走向今日的影子。

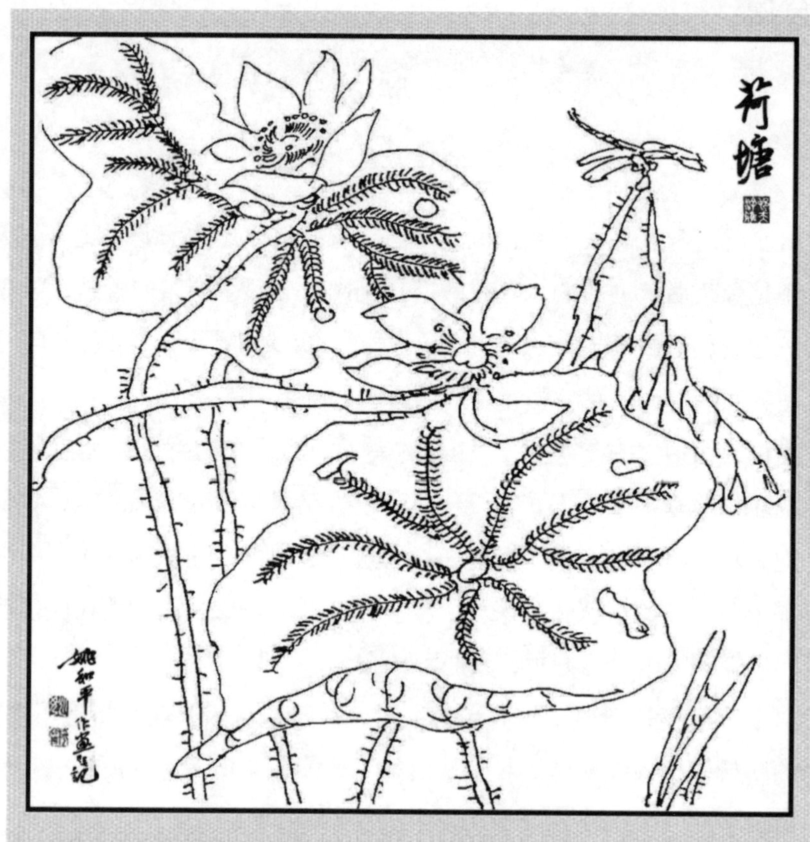

【荷塘】 姚和平插画

村上的昆虫们

蜻蜓不是息在自然的尖顶，就是夹在孩子们的指间，低空里密布的红蜻蜓是存在的中间产物。一种形同直升机的蜻蜓，鹅黄的身上洒满深黑的斑纹，那是一种与神秘相连的。

泡桐树的无叶处，它们静静地钉在那里。竹竿够不着它们。我们的黄蜡蜡的头发在它们的注视中，无为的慌乱在它们的复眼里。

我们还是喜欢蜻蜓停在菜园的芦柴上，踮脚收声地靠过去，怎么的也会有收获吧。我们管不了蜻蜓，冒出水面的卷卷荷叶，被风越弯了茭白叶边，常常是蜻蜓们临时的家。看看荷尖点水，剑叶翻卷，我们就知趣地离开了。

童年的记忆中，蜻蜓是一下子长大的，两寸长的幼年蜻蜓见得少，要不，我们不能让蜻蜓自己吃自己的尾巴。

当所有的蜻蜓向荷塘那边飞越时，我们已经去了大人的劳动场地。禾桶里有的是蚂蚱，圆乎乎的黑眼睛，也不知道在看谁。黄硕的稻粒上，一阵阵蹦蹦跳跳的，稻秆子一刷，就会聚集在一个壁角里，抓住绿色的半透明的翅翼，两只带刺的细腿怎么也蹦跶不到哪里去。一根缝衣的白线，拴好大腿的中部，一个蚂蚱的小分队就组成了。我们一直担心，没有我们的参与，没有早稻，没有田地，没有了汗水成盐的大人们，蚂蚱从哪里来，到哪里去。

见到了秋草里一种长身子的蚂蚱，我们知道了，它们从草丛里来，到它们的老家去了，汗水浸泡过的稻草是它们最后的坟茔。我曾经观战过，一个蚂蚱和螳螂对峙，当所有的肢体都被吞噬以后，蚂蚱，滚向了草垛，一直到看不真切了，它的身体才安静下来，死，也要死在恰当的位置，蚂蚱是模范。

秋风稍稍紧一点，蛔蛔就进了放鹅孩子们的娱乐空间。稻草秆、芝麻茎、芦花枝、巴根草身子都是我们探找蛔蛔的利器。还有一种办法，在晚稻田里招几捧水，泼进菜籽壳的田埂镶边处，蛔蛔们就被迫离开小窝，陪我们玩耍了。

我们早早见证的残酷生存是从蛔蛔开始的。弱小者，一开始就出局了。强者的崛起多在起步阶段，因孩子们的指手画脚。有时候让英雄瞬间死于指尖。淘汰到最后，往往留下的是力量中间的蛔蛔，人性的释放，往往使自然界的生存改变了原来的方向。

让我们看看榆树上黑小的虫子。我们村子的人都喊它树妖，一种以树脂为食的小型软体虫。它们成群结队地窝在树皮的凹陷处。我从来就没见过风雨会让它们躲开，游向它们的蛇也绕道走，近旁的叶片拂向它们时也是有力道的，它们没一个落到地下。后来终于明白，它们的身体四边，有一条白晶晶的丝子将它们联合成一个整体。

我的沉闷的童年，就是被这样的树妖刻上了深深的刀痕——每见到它们一次，我就高烧一次，而且胡话满天：妖精要收走我了，带着一个小花篮子。奶奶问，在哪里？我指着门口，说，就在菜园的竹林里。

竹林不是在山上吗？奶奶知道我被妖精缠住了，背着我满村叫魂；奶奶喊一声，要我答应一声。

高烧还是不间断地撒在我童年到少年的路上。

对自然的敬畏从此就植根在我身体里，再也没有离去。

月湾渡

小寒，渡口敞开着，暖暖的阳光把寒气压进了水底。

没什么人来往的河水，擦着岸边水草的肩头而过。

也许是一条新路开通了，河岸上的旧屋已经没了人气，开始了缓缓地风蚀、倒塌。经常去水边钓鱼玩的白猫，也不见来了。

这个渡口，开始废弃了。远远看，还是一个渡口的样子。那条破旧木船还在，竹篙插在船边上，牢牢地抵抗着水流、风。

一种不热不闹的安静，从屋顶推向河面，一直推向远处的村子。河景宽阔，岸上的树，落尽叶子后的简洁，根下是整段整段的枝条；荒草，都平缓地赴近冬土。旷野里，一切都是低低的，颔首的，坦荡而静寂。

月湾渡，在我的脚边。仿佛一个远离权力的男人，一个免疫了情爱的女子，一头出了动物园去了山里的野兽。满载了，心的宽泛，时间的开阔和行为的自由。

青峰岗

门前屋后，所有的花草树虫，我都能叫出名字的时候，青峰岗，经过了这个冬天，成了我的第二故乡。

圆挺挺的一个土包子，中间横切十二间土墙青瓦的平房，西边的三间里堆满了医药器材。

我回去的时候，周边的村人都来取药挂水。一个戴着老花眼镜的白发男人，穿梭在走廊上。那个女子，在我注视的目光里羞涩地走了。老人告诉我，她，得了城市里人的病，一种让村子人吐吐沫的病。

她，下台阶了，我看到了她负重而孤寂的背影。

雪，在岗顶上冒着热气，下面一定是灶房。烟火一直在岗顶上和着雪花和孩子们的喧闹，在菠菜的绿叶上反反复复。

面向南方，石阶下的左前方是青苔和蕨草拥挤的老井。栏沿边的那株梧桐树，焦黄的叶片裹着尖嘴的果子，只有孩子的冲天炮，不小心会打落它们。

我喜欢的皂荚树，收尽了春日的阳光。躲在深深的冬日里，谁也不想吵醒它，偶尔停在枝头的灰喜鹊，鸣叫一阵子，踏枝惊飞而去，羽毛没留下，声音却砸在了土墙上。

穿过中间的无门房子，屋后是春天的样子。玉米吐着淡绿的须子，青豆子攀着路边圆圆的鹅卵石。向深处去，蝴蝶来了，在肩头歇息片刻翩然而去。

我把夏天缺失在这里，因为，夏日我从来就没来过。

秋天，在山墙上。燕子，已经是去年的，转眼就有了四季轮转，痕迹在竹子上。家，临时留在房梁上，日子却去了南方。

我一趟趟拉走屋子里的东西，回头看看那个水汽冉冉的井口。我知道，它记住了一切：笑声、哀叹、虫鸣、花开的声音、果子的坠落。

人，在这里生活多年的人，还是转身了。人以外的一切活着的，还在那里，过着自在的春夏秋冬。

我们的故乡一直在迁徙。时间的故乡永远在那里，在青峰岗上，在我们过去的温度里。

把头回过来，再轻轻地调转，瞬间都是：门前，屋后。

方凳子

那条方凳子，高不过六十厘米，长和宽也是。桃树打制的，用的是当地的桐油生漆。

它是父亲用来绱鞋的，冬天，农闲了，父亲收来四里八村的布鞋，钻鞋底，飞梭穿线。楦头，弯锥、直锥、搓好的麻线头就放在桌面上，换工具时，伸手可及。

孩子们用它做场地，弹棋子，每人八枚，垛在胸前的桌子边。坐的小皮凳，是父亲做的一个截面X的架子，钉上皮条，拉开坐上。坐在这样的皮马扎上弹棋要安然得多，不许起身摆架势，更不许大呼小叫的声张。

当棋子把别人弹下地面，自己的留在桌面上，就是赢一子。输了的结果有点残酷。最先全部落地的，喝一瓢水缸里的凉水，半天下来，肚子就是圆挺挺的大鼓。厉害的，喝进去就从嘴里流出来。

20世纪80年代中期，我还在懵懂不知的年岁。奶奶把我骗到东房里，要我和定娃娃亲的表姐圆房。门是出不去了，反锁，还加了绳子捆着。我在光柱里的灰尘引领下，抬头看到了窗户，指头粗的木质隔栏，估计是能扳断的，就是够不着。身边的方凳子救了我。把它放到墙根处，找来桌肚子里的楦头，站上去，砸碎玻璃和隔栏，越狱一样逃出去。那个现在已经当了奶奶的表姐，满脸绯红，但，还是举起厚实的手掌，在我下滑的时候，托了一把。

第二年，我独自一人把这门亲事给退了。女孩的父亲虽然感觉很没面子，到我家发一通假假的怒火，领着姑娘回家了。多年来，我家的帮助一笔勾销，还赚了一个农活好手，找个殷实人家，好处是有的。关键是嫁给我这样“文不能测字，武不能当兵的白面书生，不是祸害我的闺女吗?”

中学几年的郁结，在一个阳光懒懒的午后爆发了。七月一日，离高考只有一星期了。

我像疯子一样伏在方凳子上，写起了中篇小说。五号的深夜，三本绿色方格稿纸写完了。我趴在方凳子上痛哭到天明。

青春的苦闷奔涌而下。

前几年，我见到了面子斑驳如长河的方凳子，一直认为那是吃饱了我的泪水：那个星光错乱，月色凄迷的夏夜里，它收纳了我流出的青春的水痕。

夜路

一个县城到另一个县城有多远？我知道的距离是32公里。从褒禅山到陋室铭的石碑边。

那个姑娘站在星星出来了的路边，目送我走远。她的父母都知道，我要远离了，不可能回到小县城，就让我不要留下什么东西，青春的体温，干净的衬衫也不适合那里。

让我上路吧。我知道这一路，洒满泪水，来自一个美丽女子的青春纪念。

“小伙子，去哪儿，顺路带你?”

“不！我自己走。”

开始的时候，有热血鼓动着，身后或眼前有车灯领路。星星一路垂落，稀稀地划过天际，眼见着落到了那边的河水里。渐渐地，风凉了，人怕了，右边的水渠像蟒蛇一样伴在身边，随时吞噬自己。

渴，最早地惊醒了身体。水，在明晃晃的月光下，摸索过去，捧起水猛喝，饱了，才想起洗洗手，划拉一下，碰到了泥巴，才知道，我喝的是水田的水，而不是河水，岸这么低，饥不择食中已经没有了常识。

五公里、十公里，我的体温和心跳开始平常了，恐惧却无处不在。随着夜深，车辆也少起来。四周看看，有一处打谷场，一点灯光从草垛间闪烁，还是去找个有人值班的地方过一夜吧，天亮再走。靠近草堆时，一个披头散发的人，突然顶着一个草把，哇哇地向我冲过来，我惊恐得瞬间像石头一样立在那里，那个不知道是乞丐还是疯子，被眼前这个不知是人是鬼的我吓得转身哇哇地跑了。

定下来时，我笑了，也后怕了。已经无心休整了，面向家的方向继续走，疲劳已经被惊恐驱赶远了。

到了河汊边，我渐渐平静了下来。这条路，上学背诵书的时候常来，哪处是白蝴蝶多的地方，哪里是荷花密集的地方，我记得清楚，黎明前的黯然也不能阻挡我认出它们。

眼前就是我的县城。在路边买了一段藕，权当是接下来的养料，还有半天的回家路，经过山岗、水滩和沟渠。

扭头回看，一条夜路，过来了，我的青春也就提前结束了。

鸟与树

许多树站立到空中，就拢到一体，远看，树冠巨大的一个，占满院子。鸟们扑棱棱地落在树叶上，脚压或风动，就像各色花朵在枝头摇摆。

在院墙那边，我看不清是什么鸟儿，泊鸟、候鸟、留鸟也无从说起。

薄雾里，我在意了树体的宁静，根的无声生长，整体的绿意稳妥；鸟的欢乐是透明的，成群飞至，又结伴闪离。树，是飞鸟们白天的食场，歇脚的坡道，聚会的苑园。

一只腋下飞白的鸟，细脚勾在顶端的嫩枝叶上，啄着什么，是玩，是食？一声惊动，收紧羽翼，子弹一样钻过庞大的空气身体里，渐渐地留下弹孔一样的黑眼。

它们是恒生的，花果还是原来的多寡，数千年，它们心性依然，缓缓不争，浅浅快乐。

等到夜幕掩盖，天空就会收场。鸟们会像游玩了一天的童年，集体回家，回到密集的树叶下，树枝间，安然睡去。

如果，这个世上没了树，鸟们会不会和今天行走在地面的人们一样?

此刻，我等待一只鸟儿，绕过群楼，越过树冠，来到我的窗前，让我捧一捧，估计它是不敢了，我也不忍。

【鸟与树】 姚和平插画

老井

那口老井在邻村的邻村，水质细腻，甘醇，冰凉，夏天的时候成了四里八乡最好的降暑饮料。井边的老人说，以前掏挖过，手榴弹和子弹装了一箩筐，还有一根乌黑黑的骨头，怎么看都像一个女子的尺骨。我们把舌头伸得老长，妈呀，不喝了！

夏季双抢时，队长还派专人挑着木桶去打水，放一包糖精，用葫芦瓢搅拌几下。那些城里的下放学生也抢着喝，他们把额头的汗水用袖子擦去，头发一甩，慢慢地喝一大瓢，大呼，痛快！

我上五年级时，数学老师就住在那个井边。经常用她哥哥当兵带回来的军用水壶装满井水，哪个同学的数学考了满分，就让他喝个饱。但，能喝饱的人中，从来没有我。那时候，我是村子里有名的“小老千”，每到冬天，参与大人玩牌时，都能把他们的钱赢来了，最厉害的一次，将在场的人所有的粮票布票也卷进了我的口袋。

母亲说，把钱给我，给你和弟弟做两件棉衣，结果，买了够三年用的化肥，要知道，我家当时是六口人，八亩一分地。

一天放学后，那个教数学的女教师不知道为什么，同美术老师吵起来了，她拽出一卷带血的纸，狠狠地抽在他的脸上。后来，我才知道，这是乡里女人对男人最高级别的侮辱，那个脸白得有点女人气的美术老师从此消失了。

传言慢慢就散开了，说美术老师和校长等几个人吃饭时，酒高了，说那个数学老师就是一口枯井。“人家说我俩怎么的，笑话！”

每天上数学课时，我都会看看她，脸色红润啊，怎么看也是个大一点的姑娘啊。她对我们好得有点过分。考得最差的，外号叫三瓜蛋的，把她气得不轻。她气冲冲地杀向他的座位，结果，举在空中的鞭子，一直没有落下来。我们看到她的嘴唇都紫了。

半个月后，我们换了一个矮冬瓜一样的男数学教师，动不动就教训我们。一次，班长带头发问，不要你教了，我们想那个女教师。

没想到，那个铁脸的人却突然无声了，眼睛湿润，低头走到了教室外面去了。

许多天以后，我们去食堂打饭，烧饭的林大妈告诉我们：她……走了，和一个下放学生跳进了自家门口的井里。

换亲

表哥表妹的亲近，我一下子还真说不好，老家流传一句顺口溜还是能说明点什么的。

表哥表妹

亲亲有味

遇到田埂

成双捉对

我的表哥表妹是一对亲兄妹，我奶奶侄子的儿女。这两个大一点孩子要苦点，早早退学了，带大后面七个小弟弟小妹妹就到了婚嫁的年龄。家里三间草屋，九个孩子，四个大人，日子是什么样子，用奶奶的话说，腰包穷得像砂纸打过的。

表哥那时候很壮实，二百多斤挂面，一口气挑到八华里以外的沈家巷，摆在路摊上卖完，再挑二百多斤山芋回来，做稀饭时加进去，从来没说他累过。身体的热能也噗噗地往外冒。经常小公鸡遇到小母鸡一样，翅膀扇扇地往上扑。

姨父端着蓝边碗蹲在井栏边看了一个春天，决定给儿子找个姑娘。托人说亲道媒，四里八乡也没谁家回个话。家里穷得烂糠气，谁愿意把姑娘送到一间抢食的猪窝里啊。

一个下午，那个一瘸一拐的货郎又来了。他盯着表妹半天不移动步子，在村子转悠一圈，又回来看表妹在井栏上洗衣服，腰后露出白净净月牙，货郎的腿就生根了。

几天以后，一个把死人能说活的媒婆进了表哥的家。和姨夫姨妈嘀咕了半天，就算说定了。后来，表哥表妹才知道是换亲：妹妹给了货郎，货郎的妹妹给表哥。长得漂漂亮亮的表妹不干了。嫁给一个残疾人，心里不爽朗。但，架不住父母的劝。亲情在这时候也体现出来了，为了亲哥哥哎。下定金，送聘礼，意思到了就行了，没什么讲究，日子就定在腊月腊八。

表妹是夜里被接走的，没有一滴眼泪，看父母哭得稀里哗啦，心里还有淡淡的恨意。几天后回娘家，脸上虽然有倦意，但掩饰不住红润光亮，一家人就放下了心。

所有的难处落在货郎的妹妹白姑娘身上。她在村子出现时，连麻雀苍蝇也惊动了。她，太美了。

表哥一直不敢看她，夜深，闹洞房的人散尽，听壁角的都等到半夜也没什么动静。

其实，表哥是有试探的，推了半天，女子脸朝里，说，忙一天累了，睡吧。谁都知道，谁也睡不着。表哥在女子身上摸索半天，手停在小蛮腰上，心，一下就凉了。

女子来时是有准备的，小衣服穿了三层，短裤不下五件，腰间缠死厚厚的白布，还别了一把镰刀片子。

表哥的手凉刺一下，血就涌了出来。

女子一定在坚守、等待，坚守到自己依然是清白女儿身，等待自己的哥哥生米做成熟饭。那一夜一定是坐在炭火上一般漫长。

折腾了一夜，表哥累了，睡过去。女子推被下床，留下了一张纸条，在河网密布的村子里转了半天，才爬上了火车，去了三站以外的火车编组站，铁轨边上就是一个小石屋，那里有一盏绿色的灯为她亮了一夜了。

哥哥：

我走了。我知道没有来生，要不，给你烧一年饭，我也愿意。此生，我只属于一个人，一个从小就没离过的人。你要担待啊。

为了我的哥哥，我才被逼无路，来到了你的家。可我的家早早搭在铁轨边上了。

我回家了。你恨我也没办法，我连老天都恨过。

就当多一个妹妹吧。

再见了！

后来，白姑娘参加上个世纪70年代末的首届高考，去了我的母校，离开了小镇子。

表哥却疯了，我听村上的人说的。当年，我去姨父家，看见表哥还是安静的，什么苦活累活都抢着干。我想，一定是村子里人乱嚼舌头根子。表妹的双胞胎娃娃已经满地爬了，有时候还去井栏边。姨妈抢火一样跑过去，我的小祖宗哎，这儿玩不得，抱着就回了灰吊子满满的老屋里。

那一晚，我和表哥挤在一张窄床上，夜深时，表哥在我身上乱摸，我卷成一团，他还是抓住我，禽唏鬼叫：你是我的，你是我的，你是我的！

我被吓得连夜赶回了自己的村子。那个夜，是我此生遇到过的最黑的黑夜。

村上风

西边岗地上那拨黄豆已经能吃了，本来是无需人去看守的。许多花生到了收成，也只有老鼠光顾几棵。甘蔗地里，孩子摸进去是有的，黄豆到成熟得落下来，也没人动的。

桂子和她丈夫还是卷着铺盖，去了宽宽的田埂上，几根竹子插在四角，拉一块塑料布，挡挡露水，垫一张席子，打地铺就要睡下了。

星星贼亮亮的，田边的青蛙咕咕咕咕的让人烦，年轻的桂子推推丈夫，说，不睡了，各处走走，动动身脉。

附近的香瓜地，风灯挂在屋梁伸出的毛竹上。他们去了瓜棚子，和村子里最老的老人唠嗑了一回。老人奇怪，黄豆有啥好看的，哪家不有啊，抱一把青豆秆子，刀也不废就有了。老人准备说一声，你家的黄豆，我代看就是了，你们回去吧。不过，没好意思作声。

老人突然明白了，诡秘地一笑，这一对是来找送子的龙阳地的。

经历多多的老人是知道村东头那个窝风岗的，不知道是地陷还是什么原因，好好的一块平平整整的岗顶，中间突然豁开了一处深深的裂缝，形状像极了女性的下身，特别是四边长满茅草的时候。村子里男女打趣就有了由头，要是两个妇女吵架，一方歹毒一些，就会拿这个缝穴开骂。

岗地的主人就被骂过，她一气之下，扛上铁锹跑上了山岗，将四周的黄土连青扑扑的麦子一道铲进了洞穴里。嘴里还咕噜着，反正老娘是寡妇，又不想偷人添儿子了，看着你们家断子绝孙。

这个缝穴，看瓜的老人早就知道了它的传说。早些年，有人填埋过，后来，不知道怎么的，村子的新媳妇们一个个周年半载了还肚子瘪瘪的。

一个看风水的在村子转了半天，指着那个山岗，说，是不是有人二月二动土了，那个龙阴地是不能填的。

要想后人烟火旺，这个地方要保持上天给的样子；还有一个办法，就是去西边岗地上的龙头地上点种。

村子人按着风水先生手指方向找去，那个岗上的洞穴真的被梅雨冲刷给填满了，谁也没有在意平了还是凹了，没什么人指望那块有什么收成，有无都是不上心的。

洞穴里软土被取了出来，因为人为的用心，那个造型比原来天然的还要像，渐渐地也有了香火的痕迹。

老人们传说着，一代代到了现在。因为，那个村东头的山岗已经消失了。结婚多年，还没有儿女的，就想起了风水先生的另一句话，去西边的龙阳地上去点种。

桂子和她丈夫在看瓜老人眼神和笑容的提醒下，去了那个星月下的床铺。汗水里，有了孝道的参与就会更加和谐、尽力和虔诚。

后来，桂子家有了两男一女，如今孙子也有好几个了。

那个神秘的传说，一直在上一代人的心里，在中间一代语言的提醒中，在下一代的行动里。仿佛一股地气形成的风，从龙头吹向龙尾。

梅婶

梅婶是放鸭子的三子的老婆，过门那会儿，大红冬衣也盖不了她挺挺的肚子。几个老光棍羡慕地说，三子有本事。

村子里，三子的口碑真的不怎么样。曾经坐小火轮去南京买咸萝卜干，船开前的一段等待时间，他见一担新鲜鸡蛋，看看没人，挑着就上岸，跑了。一个女子发现后，跳下离岸的船，游到岸边，不顾身上毕现的轮廓，撒腿就撵，终于在山边追上了。女子已经身软无力了，喘喘地说，你这个大哥，是不是挑错担子啊？小三子耍无赖，说，没啊，就是我的。女子急了，说你还给我吧，一家人的半月饭钱就只靠它了，还我，做什么都行。有人说，三子自己一场酒后说的，那女子也不是好惹的，没成事，差点把他弄残了。

名声不好，三子的父母只能在远远的村子帮儿子说对象，说了几个最终都没成，但，女子没一个不失身于他的。弄得他的父母只好挑几担稻谷把事给摆平了。其中，一个女子还大了肚子，不知道后来是怎么收场的。反正，三子父母说，日后你自己找人家吧，我们丢不起这老脸了。

他遇到梅婶的那次是在赶集回来的路上，男男女女一帮子人，说说闹闹，打情骂俏一路有一搭没一搭往回走。快要分岔各去各村的当口，梅婶突然问，三子，听说你祸害了一批姑娘，有这个事吗？三子一本正经地说，你的眼还真尖，自己看见的吧。梅婶卸下肩头的扁担做出要打的样子。三子边跑边喊，你要尝尝，晚上就来鸭棚子里，河西头那个最大鸭棚子，我把风灯挂在门口候着你。

半年后，三子就娶了梅婶。安稳了一年，生下了儿子，三子又出门晃荡去了。天天酒喝得更凶，听戏看露天电影总在黑地里做点偷鸡摸狗的事。传到梅婶耳里，开始还跟踪一段时间，渐渐地就随三子去了。

梅婶有自己的爱好，喜欢剪纸。农活一忙完，她把村子里树、井栏、畜生、沟、田、岗、峁全剪了一遍。时间一长，周边村子的红白喜事都请她去帮着剪几套，布鞋头的花就更不用说了，谁要好看的，当场剪好带走。

这个事儿被文化站的一个工作人员知道了，找到了梅婶，要当好事给宣传一下。蹲点采访几天后，那个白脸长发的男子，在一个深夜走了。有人看见梅婶哭着把他送到了村西山岗那边。从此以后，梅婶再也没有帮人家剪纸了。老人、小媳妇求也没用。

在一起玩惯了几个小婶子跑到她家，兴师问罪的架势。梅婶被逼急了，就闷闷地说，你们能把小林子喊来，我就剪。几个女子对了一下眼，明白梅婶的心魂给那个文化站兼职小记者带走了。哪里去找那个小白脸啊，从此，再也不提剪纸的事儿。

只有梅婶知道，她的剪子从来没歇着。她不过是按小林子指点的意思，把整个水乡风景有选择地组合在一张纸上，夜夜用功，一张不满意就重来。几年下来，她把满意的东西放进了木箱里。

一天半夜，梅婶下床把自己整理一番，对着五斗橱镜子哈气，看看自己依然妩媚的脸，凸凹分明的身子，天一微亮就去了县城。

在小林子的帮助下，县文化站破例给梅婶办了剪纸展，整个县城被惊呆了。

此后，梅婶再也没有回过村子。有人说，她剪纸剪到北京去了。只有一次，三子喝醉了，对着大门喊："你这个骚货，遇到吃公粮的就不要老子了。"哗啦一下推翻了酒桌子，哭得丧母失父的样子，村子里人还是第一次见到三子这么伤心过。

井塘

一片稻田的包围里，有一处独眼一样的井塘。南岸，一方块平地，结荚的黄豆和紫色花开的茄子满满地护着。其他三面就是巴根草统治的塘沿了。

塘水深幽，狗尾巴草从塘埂边伸到水中央，一种捆绑水波和时间的样子。中间，是清冽冽了水口，这就是井塘的来源吧。村里的死猪是不能扔进这里的，老辈子传下的规矩，人都要跪在岸边饮水的地方，畜生就不要糟蹋了那口水。在村子挑水倒进缸里都要放明矾的时候，井塘的水挑到家里就能饮用的。

有两件事，在井塘里洗涤是例外的：一是新婚媳妇第二天洗被单，二是头胎生儿子的村妇清涤器具和衣物。这样的日子毕竟不多，那一口九百平方的水面，依然清得能当镜子使，当然是在无风的阳光里。

每年大年三十晚，壮财的队伍浩浩荡荡，扁担、桶勾、健硕的汉子，在村前的小道上涌向井塘，那一个时辰，人比麻雀的阵势还要满。塘沿很快就被踩踏得光溜溜的，一桶桶清凉的水晃晃悠悠地回到每一户灯火阑珊的家里，祈愿都和水有着源于自然的天然联系，我们不敢问问先人，在飞鸟一样聚集了四散回归的村人，这一点俗气的祈求，就不要管了吧。一担担来自井塘的水，本来就是惠及老家的。

我们从来都是祝愿井塘能够在村前活得久久的，那是一种清白的认可。没人知道，一夜间，井塘就不存在了。

那一个来自云南的美丽女子，看上本村的男孩，才追到村子来的。“远，就不要说了吧，不知道看地图，你问问孙子啊。”女孩对男孩的爷爷说。那个男孩的爷爷不知道那根神经搭错了，说："这样美如天仙的女子怎么会看上我的孙子，不会是坏女人吧？要坑害我家骨血?!"怀疑、自卑让一个六十多岁的老人干出了村子最不齿的事，他深夜摸进了女子的房间，用一种非常规的方式侵犯了那个来自云之南的美丽姑娘，半小时后，老人把自己挂在门前的楝树上，他为侵犯一种洁白而无颜见先人和后人。

姑娘彷徨在夜色里，到了井塘边，她看见了最白净的水，一头栽下去，从此，井塘就没人敢近了。

所有的白都是我们不知道的白洗净的，井塘也如此。只是，后人还要不要有一口清清的水呢？

中间城

蚂蟥船逆江而上，到达牛渚时，已是落日垛在山头上。

吴家豹看看江面，楚地的战船小小的，黑森森一片，淡淡的雾开始在草丛里冒出来。他大声喊来手下，带领一队水兵，船上装满稻草人，乘夜色出发，火药要带足。

天亮以后，江面漂浮着大量的尸首，每个水兵身上扎满刀、箭和剑。

此后，沉戈落剑，尸骨沙埋，江下面就有了一座城市，在吴地和楚地之间，在我生活的这座城池的边上，大家都称它叫中间城。它的天空不是云，不是风，而是由清到浑浊的浩浩荡荡的水。

来来往往的船只经过中间城的天空，在天空和天空之间，白色的江鸥河鹭飞飞息息。

每到十五的月夜，一位白纱袅袅的女子会涉江而过，去了林子那边的中间城入口。她袭一身红衣，褪去了水蹼，换上粉红色的阿迪达斯跑鞋，上了岸，像一个夜晚锻炼的人一样，在热身，慢跑，渐渐地在灯火闪烁的楼群后消失了。

一次我散步经过江边，江平水静，一条花狗叫了半天，突然噤声。

远看，中间城的人们出来了。小舟轻划，人影经过的地方长满夹岸的水蜡烛，菱角菜哗哗地疯长。老人、孩子坐着腰子船上采摘。男子们，满江撒网，提上来，鱼虾成堆。扎着花头巾的美丽少妇们，把鱼儿们装进了鱼篓子。和融，笑声浅浅的。

一个十五的月夜，我把那个白衣女子拦在江边上，问她，中间城好吗？

她莞尔地一笑，不能说。

不说，就不让你走。

那你带我去吃小吃，我们慢慢说。

她换上跑鞋后，转身就消失得无踪无影了。

我呆呆地在月光里，前面是城池，身后是中间城，我落没在岸上。

小镇

青砖乌瓦的小镇，依靠在牛屯河边，青苔厚积的石拱桥在小镇的东头，和一个村子相连，半途支开一圈半岛一样土墩子。

清晨或傍晚，我们上放学都要穿越小镇的街道，青石板，硕大，光润，鼓鼓囊囊的。我们去的时候，赶集的人太多，鱼虾蔬菜挤满了街道，一个干巴巴的老头子，提着一杆秤挨个称重，从中收费。我们就绕过人多的地方，在镇外垂地的杨柳间穿过去，采着一地蝉蜕，唧唧脆响。

周六的下午是放假的。冬天，我们几个跑到镇西边的澡堂子泡澡，三分、五分钱的价位，两处昏暗的房间串开着，闷闷的雾气馊馊的。那个一只眼的中年汉子见我们就笑眯眯的，娃娃们来啦，给你们汽水，不要钱的。后来，我们老是去，就是迷恋水池里的温度和那瓶气泡翻涌的水儿。

我们语文老师的四丫头，在一个深深的木柱子房子最里面卖布，头顶上三根平行的铁丝白净光亮，上面套着几个夹子，量布开票后，凭证和整钱夹在上面，刷的一下滑向对面电话间一样的收银处，找了零钱盖了章，呼的一下又传回去。顾客收拾收拾满意地走了，多半还要在街道上买几团烤山芋、甘蔗什么的带给家里的丫头小子们解馋。水果是名贵的，也少得可怜，我吃的第一个苹果，还没有我的拳头大，是奶奶花一毛四分钱买的，那是我第七次去镇医院买药打蛔虫的时候，奶奶说我脸色白渣渣的，用红苹果润润。

那个四丫头，矮墩墩秀巧巧的，眼睛乌黑有精光，说到我们的政治老师，眼里就波光粼粼，上嘴唇翘上去就下不来了，特别是说到那个帅字，水汽充沛。听说她买了一辆永久牌自行车偷偷地放在政治老师家的草屋里，坐垫上放一个条子，她躲在草堆里觊觎着。没多久，车子坐在了我同学的屁股下，他是语文老师的儿子，那个风光无比的政治老师，去一个乡镇当官去了。也有人说，他把四丫头睡了，被变相地赶出了学校。多年以后，我见到了政治老师，是在弋江桥上，他将一辆板车支在桥边，板面上堆着满满的麻花和炒米糖，死活要我带一大包回去吃。请他吃饭，他也不肯。人已沧桑无比，但，那张脸，尤其是笔挺的鼻子，还保留着年轻时的影子。

在那书店不像书店、日杂不像日杂的小店里，我读到了平生第一本课外书，一本叫《心事》的短篇小说集。一个同学替父亲当班，拉我进柜台里转悠，我逮到那本书，翻翻，在鼻子下嗅嗅，一股让人脑晕的臭椿香味把我呛了。多年后，我都闻到那味儿就过敏，在梦里也感觉不舒服。

我离开镇中学去县城上学时，这位同学顶他父亲的职，留在了小镇。此后，再也没有相见过。

当时，是他带我去看一个奇巧的事的。桥头那个土墩子在一个稻花飘香的下午，被一批套袖章的人围得水泄不通，一批批强壮的汉子扛着铁锹，让进人缝，去了那个只有一间土房子，平时只有白鸭子出没的地方。

我们想挤进去是不可能的，那些戴袖章的人脸板得太吓人，只能回到桥头，远远地看着。一口黑棕棕的乡下腌菜的大缸被抬了出来，缸底松动了，因抬的过程晃动，落了一块釉瓷，哗啦啦的银圆落满一地，围观的人惊呼着往前涌，又被赶开。

谁也没有在意，一只乌黑的篷船在河水里慢慢靠近，贴岸后，一个我们平时喊他下船猫的精瘦老人疯子一样扑向银元，捧到他的鱼篓里，转身上了船，向远处划去。

枪声就在此刻噼噼啪啪地响起，下船猫落进了水里，我和同学木马一样惊呆在桥栏杆旁。

船，还在摆摆摇摇的，仿佛一只庞大的黑色死鸟，漂在牛屯河上。

那座后港桥，后来废弃了。向北不到百米，新造了一座窄窄的水泥桥，桥的西面沿马路辟了一条崭新的街道。

小镇就像一个老慢的旦角丢进了时间的旧巷深处。牵系着的游人访寻时，还能见到屋檐的茑草，青砖上斑驳的石灰，灰尘厚厚的椽子，巷子尽头铺过来的青石板，但，那种温热的人气已经散失得老远了。

乌芋

乌芋，老家人叫荸荠。村前有几块水稻长不好的薄地，种上了。父亲早晚扛着铁锹去晃悠，四周的田埂被整理得光溜溜的。有一点，我一直没弄明白，种荸荠的水田里，听不到青蛙的鸣叫声。水蚂蟥却是一层层潜伏在澄清的水底。

初夏，翠绿的茎秆直直地指向天空，像龙的胡须，叶子呢，也许全身就是叶子吧，中间是空空的，撕开看看，有笛膜一般的横隔，尖头或腰部挂满三角形的茧子，不多日，淡黄的蛾子飞满整片田地。

孩子们偷藕是经常的事，但，秋天到了，荸荠成熟了，没见谁偷过荸荠。那一地枯黄的茎倒伏下来，满满的一片平整的草场。谁要动一脚，就会露出下手的痕迹。采挖的时候，提溜一个，脐下长长的毛须，个别的根须，嫩嫩白净，如鱼骨头。我学父亲的样子，一锹锹挖着半干的泥土，寻到大的，就在衣角擦擦，塞进了嘴里。水滋滋甜丝丝的，就是老了的，也没有一点渣滓。

夹杂在里面的野生荸荠最好吃，一截手指那么大，揪去长长的尾须，在手里搓搓，咬在嘴里很劲道，那种甜，是小店里一分钱一个水果糖那样的甜。

半天下来，框子满满的，一根扁担搭在我和父亲之间。他怕我累了，将中间的框绳向胸前撸了一把，这种不经意的顾惜和温热是紧跟人一生的。

荸荠倒在门前就没人管它们了，我的肚皮已经鼓鼓胀胀的，帮大人去收棉花了。妹妹和弟弟在家，让他们分散开晾着，啥人也没有，他们却鬼鬼地摸过去，先吃饱再干活，弄得满嘴是泥浆。

果鸟在树上，眼睛圆溜溜地却不敢下落，也许没有见过这么大的食品，还是飞向楝树果子去了。

荸荠铺着带泥巴的淡紫红色，满满的一大片，在屋前的场地上，仿佛一个秋的收获全在眼前。

月色

夏夜，水乡是一朵薄薄的梦。众多的树，顶着一个高远的大幕，安宁里隐藏了不想夜归的乡间少年。

每一条官道都在如纱的洁白里。初雨后，中间的一条道有了最先的脚印，后来，一脚一脚寻合上去，变成一条光溜溜的滑道。再后面的人，在月光下就有了不忍心下脚的感觉。

孩子们是不管不顾的，他们散满月光能去的每一个角落。

空旷的牛棚前，两排娃娃兵队列学电影里的样子，不断地报告敬礼什么的忙活了一阵子，月亮爬到天中间，开始捉迷藏。

三叔家门口的草垛是我经常光顾的。开始时，把里面的稻草捆抽空，人躲进去，用后背向四周挤压，造成一个洞穴的模样。一人能爬进的洞口对着白花花的月光。不多日后，我再藏进去时，听到咕咕的叫声，一摸，毛顺顺的，一只老母鸡在啄我的手指，往下探去，一窝鸡蛋。原来，她在过家家啊。难怪三婶满村骂人，谁偷了她家的芦花大白。这个秘密我捂紧着没说穿。直到有一天放学，我跑去看时，老母鸡守在地面上，一只只细细黄毛小鸡，扑簌着稚嫩的翅膀往下跳，先落在母亲的后背上，打一个小滚，站稳到地面上。一只，两只，多到十六只哎。老母鸡看了一眼洞口，数也没数，扇动着丰满的羽翼，咕咕地带着一个家族觅食去了。第二天，惊得三婶欢天喜地，逢人就讲。

许多孩子捉迷藏是喜欢蹲在皂角树丫上的，邻近的桑果子顺手还能采几颗甜甜嘴。那个点子最多的小毛头掉进了露天的茅坑，也没阻止后来者的前仆后继。

终结源自一个意外的窥视。那天，没有队列操练，早早就开始躲猫猫。年龄最大的名字叫二道坝的最先占据了一个朴树的两个粗枝间，下面就是几圈土墙包围的茅坑，他看见了小鸽子的妈妈蹲茅坑，他一下子就晕乎乎了。

第二天夜晚，他鬼鬼祟祟地拉着我去，说，不准讲，太那个那个了，讲了就把你扔进鬼门荡里去。那晚，我们守到半夜，什么也没看到。我以为他让我看一只黄灿灿毛发的狐狸呢，只有它的出现才够得上这种神秘级别。

祸根还是来自二道坝的嘴，上学的路上，他指着小鸽子，唱开了夜里所见：神秘而直白，那是风传十里八乡的民谣。

这样的告状当晚就到了两个母亲那里。二道坝的父亲是个要面子的人，整天抽着一种香气飘出数十米的外香型烟丝在村子显摆。听到这种事，找来二道坝一顿猛揍，要不是小鸽子妈妈的拉架，真会揍死的。从此，没人躲猫猫敢上树，连操练也渐渐像月亮边的星星一样稀落了。

月光还是白白地在。水塘上游鱼也没有闲着，少年的血液并没静下来。我们的目标转向了鱼塘。

我找来床下的钓虾网，把麦麸和猪糠放锅里炒熟，兑上香油，搅和出能捏起一团，扛着拎着去了大塘的对面岸上。

将香膏填在砣子的两个眼里，找水草的空处，缓缓地放下去，提杆就插在一米外。坐在塘埂边四望，月亮圆圆，塘里光亮一片。近处，鲹鱼在水草里嬉闹，远处的塘沿上，几个黑影影的孩子在用网罟鲫鱼。风灯星星般闪烁的，一定是在网螃蟹。坐得久了，就沿水塘乱走，月亮跟在头顶，我走到哪，它跟到哪。

忽然想起要收网了。我晃回第一个下网的地方，挨个地提起虾网。月光碎满水面，大大的米虾跳得网布嘣嘣乱响，放进铁桶里，很像空旷四野里的鼓点。

再依次放回去，放进月光里，放进长长的年少的时光。不远处，村子睡了，在团团的树冠下睡得很深。

整个水乡都在白蒙蒙的纱帐里，我坐在纱帐的中央。

荒草

冬天的路边，特别是暖阳温着水田里薄薄的冰时，会有一种冲动，把眼前的荒草给点燃了。

那一溜锯齿一般的枯下去的草，好像是一个秋天的剩物，里面夹杂着太多的人类留下的生活残次物。一场火也许会覆盖，并给来年春天的根苗留下底肥。

有几条山路上，零落地布满烧过的黑迹，仿佛晾晒着黑色的兽皮。

乡间的草总是繁花似锦，一条宽一点的路边就会集中野草的种类。我叫不出名字，但，长的、短的，粗的、细的，高的、矮的，还是有区别。多而弱小是它们的共性吧。就像蝼蚁、蜂鸟、麻雀和清明后田间里的人。

它们以最强大的生命力对抗着浩阔的天空，多难的地面，以及走近它们身边想要消灭它们的人。

汀与沚

海浪退后的沙堆多是短暂的，再一次浪来，也许就抹平了。还是小河边不远处的平地要恒久得多。柔草萋萋的河岸不远不近地张开臂膀，地面有了安妥的宁静。水，总是夜夜拍打，只能给芦苇的根部刻下水迹，更多的像是抚慰。

铺天盖地的野草统领了那片近水的平地，年年洪水泛滥，过去了，又风吹草长，最多最近日子的是马兰头。

世世代代流传着一个民谣，《水稻》那篇文字里有的，这里就不重复了。

向南的地方就是青弋江了。空中鸟瞰，一片水泽，那是遥远的时光。水中，陆地零零落落，巴根草、水蚂蚁菜虬满水际。那时候有耕牛吗？长脚的白鹭翩翩低落，迎着干净的太阳。

陆地的间隙被各色野荷挤得满当当的。划子船在谷雨后就没法子行进了，晾在江岸上，让风雨日夜滑过脊背。

水泽干涸，泥巴还没变硬的时候，就是水生物奔跑的时光。道道痕迹，刻着它们的名字，一条直线是河蚌，稀稀拉拉麻点是螃蟹，光润润的一条弯道就是白鳝了。

季节的风雨雪雹，从水中间路过，转眼就是沧海桑田。

一直到有了我们。

从一块陆地到另一块沙洲，不过是水近水远的不同，我们在那里，人来人往，就有了自然间的温暖。

岁月的繁华到寥落，都不让我们走得太远，因为水乡，因为小镇。

半枝梅

老家县城的西南，20公里处有半枝梅，栽于丰山杜村。相传是杜默手植的。年年轮次花开半边，粉花如蝶，又名玉蝶梅。

二十多年前，我去过一次，进了月亮门，两株比邻。没遇到花期，叶子也没有，光秃秃的干枝仿佛慈禧太后的手指，干枯尖细。旁边有棕榈和小亭。

我还是对杜先生的雅情，用青春的敬意多看了半个时辰。许多人不停地说古谈今，我走开了，离现实的信息远远的。一株古梅该有它应得的历史，后人的附会多是演绎。

翻翻耕土，抚抚旧枝，就是和远古对话了。

此后，有多次能见到梅花如雪的机会，我还是推脱了。我想让它们开在虚幻的县志里，可以随心翻阅。更多是，我不想让杜先生难堪。后人，除了一颗凭吊的心，总会被当时的细节蒙蔽，对历史指指点点。

那些经过它身边的人，不管胸前是什么招牌，心里揣着何种念想，一个个都飘零了，秋风般的过客，只有它还在。

我不过是想让半边枝条长在丰山杜的村子里，半枝盛开的梅花飞扬在我的日子里。

老家，才是永远不放下的手臂。

榕树

有一位我尊重的智者给我带回了一株榕树，我的世界装不下她。因为是照片，我才心安理得。

在亚热带海洋气候的南方，榕树让一切植被变得小心翼翼。她在的地方，我发现树冠下寸草不生，所有季节性的一切，只为一棵的存在准备着。

我眼前的榕树已有1400年了，中国多少起伏不定的朝代，在她面前还是孩子。

粗黑、矮短、庞硕的身躯，深入粉土，庞根怎么看都是大佛的颜容。

让我们安静下来，见见她的树冠能给多少楼宇带来阴凉，没有。所有的人气慢慢地都为她让开了空间，与人无关，这是自然的敬畏吧。

顺着干往上爬，会被一群柱子挡住视线的去路。所有远观者都会错觉，那些笔直的木杆是人为的支撑吗？细细看看，那是从中枝上垂落的。养分平衡分力，自我分担，榕树有着一种平淡的生存自觉。

渐渐地，我对北方的袒露、豪爽、透明、热烈有了浅浅的笑意。没有生的参照，人要奔放豁达得多。

在南国，在古榕树下，我知道了谦卑，活着的恒力，和一辈子是多么的仓促。

潭底

在杉树、塔松和杜鹃花的眼里，探达水面下，就是一个潭底的世界了。

山上的石头，经过冲刷，圆滚滚地落进了水底，水里的苔藻蜂拥而上，已经没了本来的面目，软软地护着一种坚硬，成了一种存身的庇护。

一种叫清溪石斑的小鱼，喜欢以石衣为食，石缝为家，没有距离内的水花的世界，它们可以自然安宁。

邻居的水草可以缠绕人类，对青鱼而言，顶端嫩嫩的尖儿是美食，这一切被注重环保的人类利用了，但归属权应该归还深入潭底的青鱼们吧。该谁的，还给谁，水上的亭子看在眼里。

一只背青肚白的小鳖露出了水面，伸伸后腿，摆摆头部，看看空气有几许新鲜，水面是不是出生时的浩阔。这个瞬间，是不够喜欢的，下沉，去鱼虾伴游的深处才会安妥。

潭的好，在于清爽，水面是平缓的，下面的热闹，我们又看不见。我曾经用小命试过一处我没问过叫啥名字的潭水，没想到，底部的汹涌还是出乎我的常识。

有一种贝壳在淡淡的阳光折射下，安静无声。小鱼儿作为游乐场，日头垛山头时，它们启开扇子，将游藻一网打尽，那种不动神色，你没见过，我也是听说。

不知道小鱼儿是不是应该天生给大鱼们做晚宴，它们也有长大的时候啊。

当杜鹃花被风吹落潭面的时候，小鱼会在清晨，在我们看见的水面欢乐着。大鱼有两种情况，一是急忙忙饱餐氧气，二是沉入水底，孤单地在一处更深的水窝里。

没有谁，鱼、虾、石、草、你、我？知道潭底是意料外的脆薄，一个夜间，潭底陷落了，干涸见底。

山，见证了一个实情：死亡，平等了以往的一切。

人间的忙乱或孤单是另一种循环。

城堡

女墙上，除了白旗就是红旗了。

你经历了那么多男人，最后只留下一个常识：曾经侵犯过我的人，被日子拉远了，我会在记忆里把他找回来，找到我的日常里，让我感觉当初不是虚幻的错失。

我们在芒砀山，面对深夜的月色，坐下来，好好谈谈，男人和女人是什么。

山坡是本色的，你要容颜，清晨或暮晚给你补光，你留给山壁的影像就是一种终极，你不满意，是一种苦难，谁也救不了你。

那位老人养了十五年的黄连木。他说，要回家了，全部的山林留给了你，你说要是以爱人的名分。这个世界上，爱人是时间的孩子，长大或夭折，你也不晓得。

你留恋的一杯茶，第一道握在手心里，因为水温，它在环境里恣意疯长，你在长夜里因为叽喳的房间，消瘦见骨，额头痘痘层生。

把门敲一个缝隙，是你子夜的心事，热烈被我们鄙视又缠绵地送到担惊受怕的房间，而后，说吧，或噤声，从此回到不认识的开头。

喜欢在尽孝和懵懂里把日子缓缓过完，你说，一辈子好短，让我们该快活的时候快活，在那片无边的草地里，没人见到我们，种花养草。

我的纯粹和古人一样的：一个萝卜一个坑。与纸张的发明无关，与水泥无关，只是两个人的城堡。

江南渡

酒店、树丛、荷滩、渡口、渔舟、野鸭都在薄薄的晨雾里，一处红灯绿影外的远远安适。

那条酒幌子靠近门楣，字斗大，有风没风的时候都直绷绷的。一条花狗卷在店前的石板上，见三三两两路过的人，也没声响。那个美丽的女子坐在雕花门后的条凳上，嘴唇天然的红润，没有什么经时历世的痕迹。她自足而恬然，看着一只白鸟在河面上点水，倏地进了林丛里，惆怅是短暂的，她浅浅地笑笑就忙去了。

我在林子里走走，路窄小，弯弯的，但没有什么旁道，一路周游在丛林四边。几种小动物，见我就窜走了，来不及对上名字，野獾或松鼠？许多麻刺刺的窝，挂在枝头、树丫、竹子腰上。黄鹂、斑鸠是有的，灰喜鹊黄山上最多，没想到这里也有。晃着晃着就出了林子，里面的一切没看透，珠宝一样的在深处，估计是猜到，我还会来。

河在林子和酒店间岔了个直弯，面南的浅水处，风平浪静。荷叶已经盖严实了水，花、实、茎、叶都在白纱一样的朦胧里。小蛙一跳才惊动了荷氏家族里的成员，锯齿一样的茎拉动水草和菱角叶，很快又平静如初。有这一大片清荷，河水就有了亮色，空气里有了江南的味道，孩子们有了欢乐的去处，阵阵野禽多了一处遮阴取凉的歇脚地儿。

白阳从河对岸移上去，近处的渡口露出了栈桥、水桩，细细看看已近古旧，苔痕深厚，捆绑的铁丝已快风化了。不远处的船一半插进淤泥，久不上人了，没有竹竿的影子，更不见拉索。能代表这里的划子，向远处看，在一家酒店的门口停着，收藏着一种走远了的风情。

此刻，渔舟是水面上的庞然大物，惊动着野鸭和河鹭，游离或惊飞。那个扎着马尾巴辫子的姑娘，不紧不慢地划桨，犁开一线稳妥的水面。站在船头的中年人，向左扭了身体，绷紧，手里的网在空中划了弧线，网簸箕一样覆往水面，看不见收获是因为我们离得远了。飞过他们头顶的鸟儿会心里有数，明亮起来的光线也看在眼里。

我能见到的是黑压压的野鸭扑棱棱飞离了河面，水花四溅。

当年，有两个人在这里摆酒，渐渐地这里有了更多的桃花、酒店。有机会，我们去喝一场，让后人传奇我们的酒风浩荡，江南情往。

【江南渡】 姚和平插画

山脚

抬头就能见到那个鞍形的山体，传说总是在游者的耳边。我什么也没在意，经过人的口口相传，失真的东西太多。我喜欢睁着婴儿般的眼，看着身边的自然。

水，从石头缝隙里流出来，经过茸苔缠绕的草根，永恒地下注。我羡慕那一窝被滚圆的石头抱拥着的水，干净到只想站在边沿，照照自己也是没白来。也不想惊动那些后来才见了人的鱼们，一种小心翼翼地亲近又躲开的样子，就会明白它们被人类伤害过。我就不能再多一个了，走开，让它们放心地游向四周，抬头觅食低头玩乐。

蕨草掩盖着石头间，绿得像城市室内的假花，手碰碰，凉丝丝的，水滴晶莹。

水草丰沛，安然延伸，在这野野的山下。

近旁的古屋，一间间的顶部暗落下去，估计是没有人气的原因，渐渐颓废破败得让人心痛。石板路是古远的，一块块半张桌面一样，但，已经稀落着，问导游，说是被古董商挖走了。我怎么也相信不起来。

记得第一次来时，大雪封山，有人烟的屋顶，雪也是早早地化的，我捧着一个老人添水的热水杯，看着看着就眼前模糊了。

渐渐，人散去，而山上的香樟树却一天天地被砍伐了，制成版雕。推销的人说，这是又大又粗的樟树整片刻制的，买上吧，辟邪，防止蛀虫，还好看。我躲开了，心里无趣，又不能说，让它们生在山边吧，看看它们精神抖抖的，也比这个人为的雕饰要好吧。这样也太矫情了。

真想住下来，就在那些房群里选一间，可是，我们又能待上几时？

我们是被城池圈养的鸟兽了，放回自然，已经无法生存。心，一下子像那窝清泉一样瓦凉瓦凉的。

蚜虫

一粒东西嘣地一声砸在纱窗上，我以为是一粒绿豆子，它翻腾了几下，原来是个活物，嫩豆色的蚜虫。

它落在窗台上，胸前的细腿横叉十舞，慢慢就不动了，以一种坦然的仰姿，面对生前的时空和庞大的动物们。

死，给了蚜虫最后的尊严，一种让自己袒露着的无所防备，一种从背阴里走向彻底放松的自觉。以前只有哺乳动物在日常里能做的事，人，这个复杂的动物就不必说了，蚜虫，只有死了，才能做一次，此生不再重复。

蚜虫是在露台的小树上的，叶片的反面或花瓣旁，它们成群结队，背对天光地出没。第一天相见，后一天它们就少了许多，我一直没有找到入侵它们领地的天敌。有时候，在瓷砖的枯草上能看见它们爬行。只要是活着，它们就背负自己，坚守着胸前的细软，仿佛阿拉伯女人用纱巾护着自己的颈项。

我曾经看见蚜虫和一只更大的爬虫狭路相逢。蚜虫的腿都断了，它还是用力钻进花丛里，留给我的是凸起的背影。

死亡，让蚜虫终于和人类站在平等的天平上，它亮出自己的肚皮，释然地进入星球的元素循环。

古树

有三处地方，我被古树深深地凛了一下。西北沙漠里如虎啸一般的千年胡杨，九寨沟碧水里倒伏的无名树，以及九华山一座寺庙前的古杨树。

它们固守、沉潜与默生，斜斜地劈过球体的纬度。代表着树群家族里老人式的最后行走。

我敬畏着这种生存的仪式：干枯也有造型，一种死的张扬；在水里，也让你感觉树的昨日，尽管被水藻类抱拥着，那种清晰的形体依然，让人想着眼前的山，山上的万叶丛生，它的长长的源起；山中的平地处层绿千复，生生童颜，只有四五人合抱，才知道什么是古远。

如果，生死有存在的最高形式，这三种，选做任一个，也是人类寻寻觅觅的尊严。

当然，只有一种除外，爱，一种生的起始，尊严就放到脚下，放在沙地，水底，泥中，那样就有了滋养小树们到达古老的营养。

所以，在地球上，在作为根基的细粒的上下，树的历史写满了三个字：爱，尊严。

更多时候，我穿过人群，在一棵棵树前呆立良久。因为，它们永远是生的镜子和活的法典。

栅栏里的风景

鸭棚在沙滩上。白鸭、麻鸭一阵阵上上下下地爬。草，已经被踩尽，留下光溜溜如婴儿屁股般的泥土。水边是栅栏，芦席编的，圆圆地圈着。下晚了，鸭子们在里面看足星光后，安然睡去，或坐窝下蛋。总有一个开口对着水面，但，鸭子们都视同一堵白净净的墙壁，黄黄的蹼不轻易靠近。

不像菜园子，泥巴栅栏再高，没有一道柴门，人、鸡、猪、狗都会大摇大摆地进去，或拔几棵萝卜就走，找虫子，吃菜叶，是栅栏无能为力的事。

菜园子的栅栏，挡风堵雨，圈一块温暖。最常见的是南瓜、瓠子、扁豆和牵牛花，到处成了它们跑马的地儿。蜻蜓也时时停息在栅栏顶端的柴尖。孩子们拆一根稻草，将节子轻轻扭开，露出的稻草芯中间再分一个口子，穗须子顶上去，一个椭圆形的套口。轻轻地靠近蜻蜓，将尾巴放进去，一拉，就抓住了。红的、粉的、绿的、麻黑的，在孩子的手指间。蜻蜓被玩没了是经常的，少有的几个“吊死灌子”，是抓蚊子的好手，放进蚊帐里去。

最有栅栏味的，是出自父亲手里的各类枯树枝做的。那时候，他被放逐回到农村，之前，他是一个地方企业的负责人，回到老家，整夜头痛欲裂，听老中医说，天麻是能根治的。

山岗原来种花生的那块地，就被父亲扎上了栅栏，种上了天麻。铁丝捆扎着棕色的树枝，两横无数竖的井形栅栏，箍在小山顶上。劲道的天麻茎叶、淡紫色的小花，伸头越过栅栏，嫩嫩一堆一簇。栅栏的角落里，养了一笼子草鸡，吃栅栏内的虫子和天麻叶子长大。等根须成熟的时候，鸡和天麻根茎一道炖汤，几个冬天下来后，父亲的头疼病就好了。从此，他再也不愿回到城镇。

我喜欢的是天麻籽，它们滚落在栅栏的脚下，拣在手心里，一个个黑黑的麻咕咕的像极了微型的地雷，装在瓶子里，摇摇晃晃，声响也特别。

城里的门前有一块草地，冬青树成了栅栏。除了秋深落叶黄灿灿的银杏树，还有几株果树，原计划扎上白白的小栅栏的，有了密集的冬青树，就算了。宠物们很少进去溜达，它们被主人的绳子拉得紧紧的。这里又没有什么白菜、青果子。装饰性的栅栏就不要了吧。

栅栏不一定要在眼前，扎在记忆里更安稳妥帖。

城市的鸟群

高楼什么时候成了无法栖息的树群？那些鸟儿们，只有在低空中飞过。

鸟群，黑压压的一团，从低矮的楼顶滚动。边沿变化的曲线是莫测的，如捆绑在一体的黑色星星一样。方向也在不断变化着，速度快捷。就是没有看到，飞鸟们在空中碰撞过，有谁跌落。那种高难度的协同，是什么在引领着呢？

雀类庞大的方阵，深海的小鱼群一样，滚涌而过。转眼间，就从抬头见过的天空中失踪了。没有羽毛、没有风痕、没有爪迹，但，鸟们是经过了。

鸽群是稀拉拉的，多半在某一处的屋顶上盘旋。阵型也不怎么变换，大块大块的，飞出一种滑翔的感觉。

鸟类们有最可怜的吗？也许有的。我听到过无依的幼鸟在通风管道里的哀鸣，滚落到地下，已是干瘪了；羸弱的雄鸟，因为没有足够的食物，僵死在雪地里，羽毛凌乱；没有爱的雌鸟在芦花丛里，蹒跚着，低头无语，形影相吊。

我曾经在候车室里，看到一个滚动的鸟群，乌云一般闪过透明玻璃的顶部。不一会，一只小鸟离开了鸟群，点水一样落在了屋顶的边沿，直扑向天井型的院子里，跳跳蹦蹦来到一个纸杯子旁边。我才知道，那只鸟可能是渴坏了，要不，不会冒着失去群体的危险，来到这个人群密集的地方寻水喝。

那只杯子已经半边干瘪了，里面沉着昨夜的生活。那只鸟儿在杯子的四周踱步，可怜的鸟，没有杯子高，不知道里面是雨落的清水还是一杯被人喝过的残茶。它飞起来，上了杯子附近的假山上，朝那里觊觎，终于，转身，飞走了。

多日后，我从城南到城北，忙着，再也没有见过鸟群，经过头顶上的领空。

中年树

所有的枝丫这时候全部融入天空。这是个要纪念的日子，我抚摸着时间的面孔，惦记着渐渐远离的老家，还有，你在小镇边温暖的手势。

我一直庆幸来自水乡，那些带上故土的幼苗，尽管被城市砍伐了多次，依然一圈圈地长到现在的年轮。城市的绿地都有树丛，我是最静静的一棵，不争不夺，脚下，依然是成熟的叶子回望故乡。

没有人在意斑驳，树脂从顶端眼泪般流下的那一天，我就在空气里挽留温暖，一寸寸地让地气上升到芽尖，在季节里，长出繁华的模样。我长到今天，与水汽有着与生俱来的契合，如同这个时刻，你在问我。

叶子，一层层在根底，慢慢地嵌入泥土。我喜欢说，这是我的一种给予，跪乳式的，让昆虫和微生物经过我的过去，看看有什么有益的东西，找到它该去的地方。

枝干有多少与河流、飞絮、人影、凶器、鸟鸣、道路和脚印相连呢。当一种留下的纵横穿越在空中，那是一种注定的选择。宛如你在门前，看看云过楼顶，鞋带子在不在脚面。

让我们一道去根下吧，甲虫会陪伴我们亲近泥土，见证我们的根须能在大地里延伸多远。不知道山芋的根是不是和大树一样，我养在书桌上的山芋，根须在水里盘绕几周，大大超过了茎叶的高度。

人们看不见的东西，远远超过看见的。一棵中年的树，你能见到的是生命之树的阴影，有多少无形的，永远在你视线之外。

就像我和你，没有人知道，我的手在你树冠的上空，你的手在我叶片的头发里。

声音

风过园门以后，树枝的叶扇持续地用声音护着风过的痕迹，清脆的，间断的，回向菜丛。更多的声波在屋前门后，在水塘的草尖和水皮上缓缓延蔓着。

人的呼唤，总在清晨、傍晚或午后。一个大嗓门从东向西，提醒着、驱唤着，整个村庄就会慢慢醒来或渐渐安睡。

往年惊心的青铜声，在干燥的子夜，拥着辛劳的呼噜声。日子一久，这个事，就没露过了，那一种清音，沉沉地存进了泥土。

许多种声音原本就存在着，因为没有人在意，或带不来侵犯、缺失、危险及心悸，伴着时间被忽略了。有一天，一个行家说，你家房子里有了倒塌前的声响，从此，日夜悬着一个心，一种随时被医生提醒了的惶惶不安。

自然里的风响，路过不同的草、树、地形、人或物，都会发出不同的声音。黎明前或子夜后的聆听，一个村子就是一个唯一的曲谱：一棵树的位置，一土堆的高低，一湾水面的造型是不同的，只要有风，声音能将一切的存在个性地分开，犹如指纹。

当鸭群、鹅阵和耕牛，从不同罩子里屋舍里动身时，来自牲畜的高亢、低缓、尖细、波长不一的声音，从树冠上滑过，飘拂四野，与地气、雾岚、野花上的露滴有机地合碰，村子立刻和大地、农人和飞鸟一道彻底醒来。

蛙声多半在惊蛰后的第三天，夜深或人静，田间、水塘、草堆后的湿地，咕咕地鸣叫，迎着月光的丝线缠绕而上，纠结成团，圆鼓鼓地飞越过大门和窗洞，砸向北边的土墙，弹在床间、屋角、桌子和快要上场的农具上。

总有一种被人为改造过的声音，从夜的边沿、人体的空隙、泪痕斑斑的枕头出发，把生的艰难、活的不易缓缓地抚慰，就像早起时见过的云霞，装饰天边，抚摸泥土，与天声地籁一道，走访一个落在江南水网深处的水庄。

溪边的巨石

溪水是从山上下来的，流到巨石边，回转，拐一道弯，直直地淌过草地，向隐约的村子那边去了。

巨石近丈高，颜色深褐，细看像一个人头。这样的石头，停在这里，怎么想都很古怪，对面的山，葱绿一遍，哪来的呢？石头身下，一批晶莹或暗黑的碎石，不知道是上游水的冲积，还是巨石本身风化下的。底部的草从缝隙里慢慢旁出，白嫩的有了斜度，青绿已经伸直了身子，只有枯黄的有了向内的挤压。

细细瞧瞧，石头身下是有一个深窝的，一株杜鹃花挡了黑黝黝的残缺而已。只有当山上窜下来饮水的松鼠，偶尔当临时洞穴误入时，那个豁口才会瞬间触目。

后来，游人靠近巨石，也许是一种短暂的遮蔽，或是当做风景的一部分，要把它带走。向阳的那一面变得光洁而色浅，就像许多风景区的乌龟头一样。要是有一种习俗或吉言的参与，风景都会留有世俗的体温。

在北纬31°的地方，听说这样的巨石和温泉一样，有着带状分布的痕迹。对自然的猜谜和对人内心的发现总是关注前者的多，会有一个说法给巨石找到出处，一种我们永远不知道的纪元，因为远，就随人命名了。比查证人心更能让人和平共处。

我们也许见过一次那一尊皖南小溪边的巨石，后来，就淹没入自己的生活，把它给忘了。因为，它只是一个背景，一个取景框里的存在。没人知道，几年后，它的体内成了洞穴，一个山那边来的人，住进去了，留在了那里，留下了一尊遗容。神奇的是，后来的人，没有看到巨石有什么开口。在溪水那边的小山眼里，石头还是石头，在游人眼里，它像一个什么人。近旁隐名的草也许知道一些，但，一直没听到它们说了什么。

两条江的臂弯

到长江边，步行十分钟，抵达青弋江，开车要三分钟。这样造访一下水面，我知道了被叫作城南的有着怎样宽泛的地域。菜地、水渠、小水塘的荷叶、水蜡烛、软软的芦花，渐次在楼梯外失去了踪迹。

我每日行走在这里，楼房在长大，路向云的底部衍生，因为有了不同种类的树，我的眼睛有了安慰。

常常经过的铁栅栏，围拢了一群青春的脸，同我们来时没什么不同，除了表情老成于我们的往年以外。我还是喜欢看着栅栏上爬满扁豆的时节，蓝色的花在尖刀的顶端柔嫩地抬着头，密密的叶片挡住了我向内里深看的视线，路也变得不那么枯燥和遥远。

清晨或黄昏，一个提着火钳的老人，瘦得像芦苇的影子，夹动金属的响声，从泥泞的路边到另一块草丛，满脸是朴拙的表情。要是在乡下，他会有三间瓦房，门前是长满蔬菜的园子。而在这里，他在星光里走进厕所的隔壁，我留意过，他进去了，半个时辰没有出来，我想，他是住在了那里。有几次，我把买好的菜，放一部分在他的门口，在他出门的时候，在听听里面没有声响的时候。我不想被自己的点点优越变成伤及我自身的耻辱。在路上，我越来越发现他和父亲长得一般模样，也许是一个宗族的远亲，或者，本就是失散多年的父辈的同胞。

我在河南，在两条江的臂弯里：一条清澈，一条泥黄。

听说有许多写字的同行，陆续住到了这里，我在心里为他们祝福，尽管我不知道他们在哪一顶楼宇下，但我想飞过城南的鸟群是知道的，我的视线接触缠绕在飞鸟的脚边，一切，它们会带到吧。有时候，我希望在江边相遇，面对江水，说点柳树、波浪、舟船、河鸥什么的，在堤坝内的自然的生生不息。

城南，正在由稻田渡到菜地再向繁华去了。一个人说：我是不适宜生活在21世纪的人。在心里，我视为陌路相逢的知己。

白鹭洲

柳，剩下枯枝，只有洪水经常来，才会这样。这个叫白鹭洲的地方，我们只见了汪洋一般的青草，还有比青草还嫩绿的青春。白鹭正在江上，低低地盘旋，好像与沙地无关吧。也许是一个目力不济的先人，被白色的翅膀蛊惑了，才有我们今天脚下的名字。

报纸当塑料一样地铺开了，坐满衣着简单、面孔红润的一群人。是谁说到了那一晚的难堪？我们在一灯红酒绿处，拐进一家酒吧，说好了的，一瓶酒12元，怎么场地费，开瓶费，空调费，要46.5元，派了三拨人马回去借钱，结果还是差7角，那个妖艳的女人姗姗出来了：看你们是穷学生的份上，小单就免了吧。那一晚，肯定在许多男生心里种下了刀刻般的印痕。多年以后，一个在场的同学说，我能成为亿万富翁，感谢那个女人的羞辱。

二十年后的今晚，我们在沙地里，捧着一些月光的裙角，三箱酒喝了两箱，说着那时候的窘迫和青春的慌乱。那时候，什么都没有，但，有的是没有皱纹的青春，现在，该有的都有了，摸摸时间的头顶，白发荒草一样蔓延。

我们沿着树根寻找。当年，我们埋下了几瓶劣质酒的，在最小的那棵柳树下。如今，小树已经成了长辈，散在树丛中，看上去没什么不同。多年前的温热，此刻不过是江边拂过来的小风。

那对在班级后面说着方言的玉人儿，名字还刻在树皮上，虽然字散大了，还能看出男子学篆刻的刀法，这一对大别山区的人，大家以为他俩能够白头到老的，但，已经换了三次小本子了。当年，我就预言，穷，是一切变更的动力。

白鹭一直在江波上飘滑着，不来我们的眼前，也不让命名小洲的先人心安理得。

我们开始明白了，二十年前的白鹭也是这个样子的，它们从来就没老过，身下的沙洲也仍年轻，老去的是我们路过的人，从贫瘠的青春到慌乱不安的中年。

黄墙

深冬的阳光在屋顶上。我是透过窗户看见阳光，溜向对面院子里的建筑物，阳光转了几个弯儿，在旧旧的黄墙上。

此刻，大地上的事情已经收场。飞鸟们，也开始隐匿了。唯有那只白头的果鸟，在空中曲折地穿越。

只有树的坚守，依然是来自春天的样子。这一片树从高过西边的平房，低于东边的小楼。绿叶，只是深了，卷了，伴着稀拉拉的黄叶。树干是四季的粗糙和深褐色，不用看，也晓得满是道道竖起来的沟壑，宛如小河。

我没来的时候，它们就是时间里的水流，现在不过加宽了河岸，伸宽了河床而已。怎么也没见到，竖起的河流，有过岸线的扭曲。在紧紧的北风里，好像能听到树皮上的河流里有流水的声音。

越过围墙，在树丛里走过，停在一株树边细看，才能看清虫斑、树脂、病枯的木屑。许多花朵也是吧，远看都是水红般的妍丽，深紫一样的高贵，古玉一样的白洁，走近了，才会知道真实生存的斑纹或虫孔。

在那堵低矮的黄墙的背景里，一切，有了深深或弱弱的反光，一种被罗密的阴凉分解后的花草、货堆、平房或高楼都有了那种黄，与阳光不一样的黄。

我晓得这一切不是阳光的本源，但，有了人群和万物，就成了存在。就像在窗台的小虫子，爬着爬着，就来到了万丈深渊的边沿，这也不是生灵的本意。

山岗

这个村子有许多我们见过或没见过的人，住在山岗上，以坟茔、白骨和永远拒绝粮食的方式。把他们安置在这里，也许与风水有关吧；也许是荒草丛生不能生长庄稼，更多是考虑到风向；在土葬的时代，夏天的东南风，冬季的北风，回避了一些气味的。

每年大年三十，年饭前，生死用冥纸连接在一体。动土修修坟茔，加一顶新土帽子，留下一团灰烬，是后人们的惦记和烟火继生的标志。

许多没见的祖先们，都沉在平地里，画上一个圈，送去岁岁年年的用度。

那个方方的南北透窗的小亭子，装满了白骨，是一个大规模迁坟的堆积。所有的远去的先辈聚在了一体，没了贵贱高低，尽管原来的坟穴里有玉器、银圆、大额的法币或只有一枚铜钱。

山岗一直是一处禁地。唯一的一口山塘，水是清透的，鱼，没人敢偷，就连菱角菜也自然地生、落、再生。几个睡迟的孩子，怕老师惩罚，抄近路，经过了一次山岗，居然见到了草丛里奔跑的白色野兔子。也发现了我们后来经常光顾的山塘。中午时间还长的时候，大家带上女孩扎头的空心塑料线，抛到水中央，把肚子吸饱了再去上学，菱角就在伸手可及的地方，但，没有一个人敢动。

一个夏夜，我做了一件让村子人记住的事。那时候，大人们老是用鬼来吓唬我们，奶奶也说，夜里不要乱跑，鬼是要晚上出来找人托生的。我说，别迷信了，哪来的鬼，不信，我今晚去山岗上跑一趟。我带上手电筒，在那个小亭子里取出几根骨头。回来时，窝在一起乘凉的人，吓得个个噤声了。父亲问，遇到鬼了没有，他的本意是想暗示村子里不要装神弄鬼的。我说，鬼没见到，倒是见到了几个邻村的人，他们在抓喂鸭子的青蛙。

那个月夜，在上岗上，我是怕的，怕到腿都抽筋了。但，血是奔涌的，脸是烫热的。当我把骨头握在手心里后，抬头看看星空，感觉格外高远，四周静寂得只有蛙声和虫鸣。我在草地上躺了一会，想着祖先们真会选地方。

我发现，说到生死，村子老人是平和的淡然的，好像水稻种到秧田里，人老了就要种在山岗上。

有山岗在村子的北面等着，人们的心里垫了平等的底子。热闹的村子里，相遇的人们就有了平心静气。

沙心岛

那个瘦得像干鱼一般的老汉，是从大河的上游来的。

清晨，老汉散下滚钩，没想到，岸上的固定栓转眼间就没有了，多年的打鱼经验告诉老汉，遇到了大家伙。

老汉坐上猫子船，在河心里寻找漂浮子。水草厚积，在大片倒伏的水蜡烛里，终于找到了缠绕的滚勾线。老汉揪在手里，那条大家伙，背着小船顺流而下。几天后，老汉被牵引到了离家数十里的沙心岛。

多年以后，老汉才知道，带他来到这片土地的鱼，就是老家人说的江豚。

开始，老汉种了几年麦子和蔬菜，时间一长，小猪小狗小鸭子也满沙洲乱跑。长河落日，炊烟袅袅。经过的船只常常会见到老汉叼着烟锅，在沙洲边晃悠。一次，老汉收了一篮子青菜，无意间往水边溜一眼，一个衣不遮体的女子镶在水边，试探一下，还有鼻息。老汉把她背到屋里，起炉子，灌下几碗姜汤，女子活了过来。

之后，经过的游船见到的是，慈祥的老人、恬静的姑娘和摇着尾巴紧跟着的大黄狗。老人不问，姑娘也不说，她是怎样落入大河里的。

纷争的涌起来自河岸。村子里忙碌的人们经常路过河岸时，会看到沙心岛上的幻景：白鸭子浮在半空，绿茵茵的马兰头飞毯一样盖在水面上，一群长得一模一样的美丽女子在采摘豆荚。勇气过人的小伙子来了，回去了，都成了哑巴，人们好奇地问他们见到什么，他们哇哇啦啦的一个字也说不清爽。

放木排的经常漂过，总会见那个笑盈盈的姑娘在沙滩边想心事，见多识广的汉子们就开着民间的玩笑，有的还喊着：

鼓囊囊的妹子

下沉沉的坠子

跟我走啊

顺江漂哈

开始，姑娘转身就跑，渐渐地用小石头朝放排人假假的砸过去，时间一长，就回一句，不想走的，就上岸啊。

有一年，河水凶猛，一个木排阵被水冲到了沙滩上，散了。健壮的汉子们眼看着根根巨木顺流而下，无法向东家交代了，三个小伙子留在了沙心岛，其他的游泳上岸，流落他乡。

后来，老汉走了，埋在了沙滩的最高处；姑娘也走了，埋在了水边，她留下了一对双胞胎儿女，难产死的。没人知道孩子的父亲是谁，孩子的父亲也难知道。其中，一个放排的小伙子也在一个深夜被斧头砍死了，抛进了江里。

剩下的两个放排人，一人养着一个孩子。

多年后，我去了沙心岛，那里已经是百来户的村庄了。墓碑比活人还要多，森森地排列在大河边。

多雾的清晨，沙心岛好像在梦里。一条硕大的江豚在沙滩边摩擦几下子，倏地，远远地游走了。

在城南

青弋江南岸，城就开始年轻。下了中山桥，折回防洪墙的石门。水，落陷到脚下。那些冬眠一般的小船，游龙一样搁在瘦水的岸边。一个纤秀的女子在船头取水洗衣，黄狗嗅着她的裤脚。冬阳懒洋洋的，从桥边的迎春花枝条上越过，铺在时间深久的船顶上。

不知是谁放了一套两人座的废弃沙发，牢牢地靠在防洪墙上，让人心平气静看着斑驳的岸坡，水和风在两座桥孔里，缓缓地流着。左边的桥孔，露一湾江水和古塔的腰身。

一只小划子载着闲人，去水中的露滩，找找这个城市的旧民们遗落的东西，小铁锹小锄头也用上了。四周是明晃晃的水，往来的船，也不能分散他们的注意力。那些应该在泥土中寻找的，此刻，他们用心在一团团石头间寻觅。

车子往南涌去，偶尔会有透过铁栅栏的芦花，头靠得紧紧的，光润白洁，仿佛故乡。揣满心事和目的地的人们，很难扭头看着它们。

所有的房子在那里升高，房子里的人们在做着我们陌生的事情。几个人的围坐，不像是我们想要的闲适。生活里的许多，从桌子上开始，又终止于桌子，我们不知道而已。

只有同时两人面对音乐，在城南的小小空间，才会感觉到，阳光守在窗帘外，温热留在手心里。

许多路，都是在放下后，才熟悉了它们的。就像这些阡陌的路，往日是经过的，只有此刻，才知道了路有弯曲，名字有温度。

喜欢这样阳光浅浅的午后，繁花一样的树叶散落着，孩子在电动马扎上，百业的人安然做活。处处是平和的面容，接纳我们陌生的入侵，仿佛我们是空降在路边的人，经过他们的路面，门口，就会回到自己的日子里去。

山上山下

山坡，都是草树。一路葱绿地伴着弯弯的坡道，到门口，突然横了一下，窘迫地开阔着。

你过了闸门后，开始释然了，向街道去，那里灯火要亮得多。你让我想起一条溪流入江的过程，如同写字的人。他们来路的溪流都刻上了名字。对文字有天生敏感的人，早早就与文字有了联姻，那也是从阅读起步的，青春的心被文字击中了；女人对字的敏感，天生的有，但，更多是生活的变故，文字是苦水烧开后，喝下的温暖。当一切浩大的水域没有飞鸟的歇脚，水草的充容，那，艺术是最好的水养：书法、绘画、写作、音乐、摄影等。

中国的历史在那里，你见过哪个皇帝把时间浪费在艺术上，只有两种情况：艺术是玩偶，还有，就是江山给了别人。荒淫无道地把玩，要不，就是哭哭啼啼的浮华秀月。

其实，疯子更与艺术包衣相连，就像，山上，草树和泥土牵牵盘盘。

等你到了山下了，你会慢慢懂得，身后的草，枯荣几度后，还在那里。你，却，老了。所以，文字一直是内心丰满者的中药。你看看，山上山下，哪一株草不是在《本草纲目》或“配伍与验方”里。

窝风

文竹盯着身旁的老树根，不知哪一处，开始痛了。

在两堵废墙的夹角，静静的温暖开始聚集。风，躲在墙的外面，不忍进入。当一切没了外来的入侵，内部的比照就缓慢滋生。那一盆被谁丢了的文竹，面对冬天的冷冽，有了反观自身的心事。细细的身躯，顶着随时着火的花针般黄叶，对一棵旧电线边的枯根，忽发刺眼的猜忌和比量。

老树根，土面以上，小脚盆那么粗，横断面上，有着高低的错层。放大了，也许是断岩或西北的典型地貌。此刻，在窝风的一角，它只是被绿色的前辈或后人流落在这儿了。年轮里，一孔孔的木屑子，连远处的火炉也遗忘了它。但，靠近的文竹，却又生出了玩味，和对庞大的隐约恐怖，酸疼也许来自秆结上，或许，在根系里。

不多几日，那块三角地被推平了。糊上水泥，成了一户的停车场。老树根在挖起的一瞬间，就被路过的一个老人看中了。多年后，或许我们会见到它已成了这个城市最有名的根雕，放在我们路过的地方，用黄铜或别的什么包衣着，也不可量。原因很简单，它太像那个两千年前的被人们想象着的古鸟了。根植在小城文化记忆的一种翩然起落于湖草的图腾。

文竹被车的主人带到了阳台上去了，换了一个仿青花瓷的盆子。有了水的正常滋润，文竹青青、扑扑的。身边枇杷、栀子花、鹊梅、玉兰，不知道哪一天，又成了文竹疼痛的根源。

文竹开始怀念在窝风处的日子，那时候的疼是单一的，老树根怎么说也是以死亡的形式停住在自己身边的。它，安静、低沉、墨守，庞大只是虚幻的影子。

不像此刻，挤在阳台的一角，阳光被玉兰大叶片遮掩了半边；主人的一桶水，分到自己也少了；换土施肥，自己多半是被遗忘的那个。

老树根在哪里？一直在它在的地方。

生日

母亲去世后，我就不再过生日了。半生的疼痛，抵不过面对母亲骨灰盒的那一瞬间。

在那旧旧的老楼里，单人床、小电视、老式旧冰箱占据的七平方单间里，母亲在公用的厨房里，把我的烧水壶擦得光亮亮的，留给我她的最后的生活手迹后，住进了医院。从此，再也没有精干地出现在田间、水塘和我的身边。

离世的那一刻，我远在他乡，听父亲说，已经只有几十斤重了。一切还给了村子，只带走一点点承载生活负重的骨架和皮囊。

村子里有一种说法，母亲是一个家的大盆箍。母亲一走，家，就散了。我亲见一个满满当当的农家四分五裂。年年相聚的老家，自从没了母亲，我们都很少回去。去了，也没有根，还不如漂在他乡。至少，在喧嚣的年节，不因说起母亲，徒增疼痛和落寞的伤感。

母亲的去世，透支了我一生中对伤痛的体验，不知道母亲生我时是不是一样。有这样的一次身心的锥刺，以后，遇到了什么事，我都能够坦然面对。一个在身心还稚嫩时的人，被门前水塘浸泡过的刀划拉过了，再大的水域，也就没什么了。

我在老家的最后一个生日。母亲像往常一样，早早地去了圩田里。镰刀和篮筐背在身后，不像早年提在手里，岁月已经让母亲的身形渐渐地靠近泥土。中午回来时，除了一筐柴草，还有一个黑塑料袋包裹的几条鲫鱼，我一直没有追问母亲是怎么得来的。

炊烟在厢屋里缓缓升起。母亲在火灶口的脸是暖暖的浅笑着的，一碗如母乳一般的鱼汤，经过母亲的手，越过厢房门槛、碎碎的石阶，一条门前窄路、堂屋前的大门槛，摆在我的面前。母亲笑嘻嘻看着我吃。这样的时光，也许她享受了十年，或更多。而我只把这次，存在了血脉里，满心地带走了。

我不在村子的时候，后来，那样凛冽的日子，母亲会不会很冷。没有人告诉过我，那一定是怕我难过了。

送母亲上山的时候，堂姐对我讲，有一个冬至，你妈去圩里找鱼，滑进了水里，差一点就没能上来。气管炎犯了，咳嗽了半个冬天。

我记得母亲已经很多年没咳嗽了的。

最后一次，脚在河泥上的时候，还是为了一碗鱼，一碗只能放在桌子上，热气在冒，却没人赶来吃的鱼，母亲仿佛又一次在自己身上划了一刀。

此生，我欠母亲的太多，已经还不了了，母亲也不会让我还的。

这是活着时的默契。大地把我们分开了。我在地上，母亲是不是也在地下，脚底合着我的脚印。

去花园的路

那一条甬路，通向花园，就在马路的边上。

三天的夜雨，湖水也没涨起，冬天的雨落是润沉沉的。去花园的路有很多条，多半从马路边上开始的。平常，人们走马路的多。这一条路要下一段弯弯石阶，再绕过一截窄道，那里，夹竹桃几乎冲向路中间；老人说，刀片一样的叶间，零落的白花是有毒的，许多人怕了，绕着走，更多的是因了四周深幽幽，夜晚，恐怖弥漫。

在固定的时间里，我在那里慢走了一年。在路灯下的车里看书，眼花了就朝那个地方看看。花园里灯光、人声是很烟火的样子，只有那条少有人走的阶下路被一团密集的夜色坐守着。

我离开了低头游进校园的孩子，离开了群舞和谈天的男女，来到石阶的顶部，面对着那条竹叶镶边，润洁的路。不远处的树丛和花圃原来是有小木牌的，此刻已经看不到它们，上面的名字更无从说起。

意外事情的发生，多是没有试探的。在都市里，一条路是在习惯外被回避了，真要有心走，路依然是路，走过了才有了豁然的深刻。下了石阶，原来伸向路中的夹竹桃已经收了身体，不像远远看到的拥挤，一个人走过，还是静寂的好。

不长不短的一条花园路，尽头就是植物的堆积，湖心岛的光柱只是在高空划过，脚边的光影是那盏树间的灯照亮的。

深绿或淡黄的群叶里，一朵花让四周黯淡下去了，它有一种山中的气息，也有河边的水汽。见到这一朵丛中的花后，我才晓得有的路少有人走，是给一个人一段时光留着的，也让人明白什么是真正的花园。在人流如鲫的隐隐灯火里，蛇路、湖水、杉树和波光，簇拥而又掩盖那朵粉到红艳的杜鹃花，因为唯一，我想不起它为什么还叫映山红。

记得小时候，在滩涂的麦子中间，惊喜地见过一棵香瓜秧子。就给它搭上一个能透过阳光的棚子。每天下圩放牛，都要神秘秘地看一眼，等到香瓜打霜时，还不忍碰它，一直等到它瓜熟蒂落，那种香，隐秘地充盈了我的少年。

此刻的杜鹃花和香瓜与我是一样，虽没能在坦荡的自然里肆意疯长，但，根在庞大的夜色里，扎在我的中年的地面上，也是一种惜惜善待。

人类的情愫总是和自然中的生命胞衣相连。

水流图

从山顶往下，水声一定惊动着不远处的茅屋。水汽弯了彩虹，架在屋后的林子间。

我能看到的，是安宁到静止的水布，拷绸白的一个系列图。抬抬头，水帘上的险峰住在云端里，断岩曲松，郁郁苍苍；回望溪底，只是短短、陡陡、隐约的悬崖。光洁的圆石划破了水衣，又缝合于一处，安然不离，轻轻如诉：我要你的时候，你在，你要我的时候，我来。溪边的水草一定听到了岁月静好，相拥成趣。

杂树，有名无名的，旁枝伸进溪水里。鱼儿在滑滑的光枝上翻越，只是一瞬间，水花在那里，想象着了。这一组照片只有一张：一条红红的鲤鱼跃到树叶上，惊跑两只喝水的松鼠。

溪路没改，水道常弯。经过的树，不是长高了，远离了水面，就是枯死，落入水中，漂走或沉埋。

我留意了半山腰的茅屋。它的不远处，不知是羊还是狗，模糊着，黄、白几点，镶嵌在空岩上的木桥边，这是早晨的样子。中午，古窗上有了人影，抚琴、抻纸、把酒，嵌在三张照片里。炊烟不见，黄花倒是满满堆在门前。下晚的时光，水流隐藏在一堆虚影里，彩虹退却了，两团红红的灯笼悬在一个取景框的黄金分割处。

月夜，也许拍不出溪水，没有留下什么。让我们想起，许多东西，是光给我们的。视觉外，我们还能目送走多少呢。

有一组扇形摊开的水流图，留守在我的书桌上。日日，或夜夜，都能住在自然里，如同，累了，甩甩手，就去了江左。

一枝黄花

每个人手里都有一把锋快的刀。你站在园子里，挥起双臂，墙边树丛的一枝黄花全部倒下了，把一种东西全部清空是让另一样东西占领这个园子。

此前，门前是空旷的，猫和蚯蚓随时过来。对门的老人也推着轮椅过来晒太阳。我在石阶上看着一切，觉得是一天里最好的时光。

因为那棵树，好像是江边的，另一个主人要在这里种下来年的果子。原来的草坪退去了，只有树了，没人能想到一夜间黄花满天，这个在植物历史中罪恶累累的种类，进入人间的空隙。

终于，等到了你的刀。

死亡，就是在这时出现的。我没听见一枝黄花疼痛的声音，而是一只路过的猫，一条黄花秸秆上的虫子，发出凄惨或泥泥的声音。

水滴

一滴水，从水龙头落下的缓缓过程，就经历了当世——时间、空间、环境，我们见了的一切。

那个广口的杯子，凑上去，是植被汲取生命的需要，对我，不过是一种休闲，我看见绿色挤满我的空间，我会转身想着一滴明晃晃的好。

见见水滴的世界，长宽高是三毫米的体型，复眼里，有了花草的颜色，你走过千山万水，所有的色泽，一滴水都有了。它承载了一粒光线进入泥土，也携带了点点养分进入菜园、田园或草原。

把头仰起来，你干枯的面孔，在老家的屋檐下，在城里的风雨里，除了进化了的化学品，没有人相信自然中的一滴露珠。

看看从荷叶上滑下的露滴，它能做点什么：一双被阴霾封闭的眼睛，用叶露洗洗，就会看见了列车、芒草和阳台前的楼群。

抬头看着不见阳光的地下，一滴滴造就了身下的钟乳山峰：华阳洞、太极洞、野山岩、仙人洞、广福山、神仙洞、万谷山、风山寺、雪丈山、白马谷。一滴水在和时间比试耐心，我们是惭愧的路过人。

秋夜在深邃下去，没有谁有我的坚守。闭上眼睛，等江面的水汽，在大气的运作下，把浅浅的雾气从江心推向一片树叶，而后在叶面集成大一点的露珠，在叶子的背面涵养了小小的露滴。

我等待着，看哪一面晶莹先期投入泥土。夜晚，在城市的混乱里没有了一种细节，你从年青慢慢到老的过程，说白了，就是一滴水的路程。

温暖

夏天飘雪或冬天穿单衣，显然是可能的，看你站在地球的哪里，心寄在什么地方。

当我听到远方的你说，去门口看看路人，他们是怎么在飞雪里行走的。提醒我你在北国，我在冬天的门槛边，感觉了你心里有着炭火般的温暖。

其实，人很简单。背上一个挎包，就能在他乡晒太阳；没人见到的地方，不怕，就是树林、野鸟、流水给足的温暖；蹲下，那只刚出壳的小山雀毛茸茸的在手心里，不能放飞，还回窝巢里是一种善待；凛冽的北风划刺着面孔，一把伞，一幢高楼，一片树林，甚至竖起的领子，都是温度散失前的存留。

那盏灯昏黄地亮起，我们从小镇回去的路上，你默默地看足了风景。你乡音未改而面目陌生的故里依然让你潸然泪下。你说，就是这儿这儿，我的三角形渔具被一个小男孩弄坏了。我非得让他赔偿一个一模一样的，这个世上，有什么东西能一模一样啊，除非，时间缓缓折回，我们回到出生的地方，回到孩提，一切都是纯净、富足、漫长，茅屋的遮掩，父亲的臂膀，母亲的笑颜。

现在，故里就是温暖。送我们越走越远，有那盏灯在前面，在小屋斑驳的墙上，在手能取暖的近处，路上的一切渐渐地也是温暖的记忆。

远方的轰鸣惊起了河里的鸭群，停下后，它们靠得紧；一只鸟在另一只鸟的身边，屋顶就是有温度的安宁；人们都喜欢飞雪临窗时，一炉炭火在屋里，酒，在伸手可及的地方，人，在可枕的地毯上。

我们没办法留住季节，但，我们随时可以守住想要的温暖；比如，冰天雪地时，我们可以披上思念的棉衣；寒风穿越四野时，捧着对方的手，远离伤害，让笑容成为火盆。

顶端优势

那只喜鹊在树冠上，爪子挂在一圈乌紫的果子下，转头摇脖子，随意叼上一颗，在没有天敌的地方。它唯一的防备是站在楼顶上的我，眼睛贼贼的闪闪的。为了它美美的晚宴，我离开了它的视域。

进了客厅，看见了水杯里安放着秋后的硕果，我试图忘了它的名字，就当是从自然中移栽的一种块茎。根须很像张大千的胡子，细密、雪白，从主根下飘然入水，顶端的向下，分了三层的长势，下一层已经焦黄了身躯，中部的嫩芽刚刚探出头，顶端的已经长得很疯了。六根高度不上不下的茎秆挺拔而精神，心脏型的紫绿相邻的叶子，有几枚舒张开了，抱紧身子的小叶子也有了放开的势头。

在一团庞大的母体上，它们选择性地成长，有了深厚的爱意。

近旁的文竹经过一次缺水的枯黄的经历后，从夏日的某一天开始铺开了的生长，也许是我灌进了太多的水，从黑软的土下一夜间蹿出深绿到浅蓝的嫩苗，身子很似它的同类：竹子，头倒是像蛇的。冠的空间已经成型了，个别的疯长就走出人类的制定的标准了，在它顶端快要和其他平齐时，我掐点顶端，此后，它就不再长高，而是跟随着同类，横向发展细密的枝叶，渐渐地就没什么不同了，像极了阳光风雨下齐刷刷的兄弟。

自然中的花鸟鱼虫是不是多有顶端优势呢，放任或剪除，那要看称雄于这个球体的人的意志与美感了。

温泉

这个纬度稀拉拉的散落了多个温泉，皖地就有三处，我在中间那个温泉里泡过几个冬天。

从小镇往北两百米，山沟里洞开泉眼，四季冒着热腾腾的白雾。早年是天然的家用水灶。我去的时候，已经围上了高深的砖墙，简陋的几个隔间是老式青砖砌的，顶上一方天空敞开了，能看见星星和明月。

水池是天然的石头围成的，二十平方的样子，上面搭着四块水泥预制件，已经被磨得光溜溜的了。脱光衣服，窝成一团，往木格子里一塞，溜进去，扑面是一股水汽丰满的热浪，夹杂着浓厚的硫黄味。上预制件是一件小心不过的事，四季的水温有别。镇上的人夏天里能见到他们身上的白癜风一样的斑块，那多半是第一次进温泉时留下的，后来的人渐渐少了烫伤的可能，一代代口口相传，提醒，如同后来的麻雀，身体内有了自保的遗传信息，见到人就飞。

我去的时候，多会是月夜，避开了人群的堆积。水也是温热适度的，雾气薄薄的，白花花的青春浮在水面上，月光如纱的铺下来，墙面湿润斑驳，滴滴答答的水珠滑下，还有清脆的响声，估计这是记忆的错误了。

风声闷闷地灌满顶口，能判断是从松树那边刮过来的，还是从竹林那边刮过来的，前者呼呼，后者习习。自然到我要睡着在那里。许多时候，就是亲戚喊我回去的。

回来的路上，回头见到起伏的山影，乌青青的群树，光滑滑的石板路领向灯火安宁的小镇，划过眼前是干净的白色冬鸟，一堆堆草垛护着我回家。

二十多年后，我再去那里已经找不到了，镇上的人，没了熟悉的面孔。经过身边的人都是神色匆匆。

那个叫香泉谷的地方，豪华的楼宇把温泉藏了起来，许多穿着游泳衣的性感男女出没其间，山还在，那要透过窗户，踮起脚才能看见影子。

天杀

一群鸟儿，乌云压顶般越过太平洋，母亲驮着幼鸟，所有的风浪已是背景，身后或前方是看不见的岸。

它们的翅膀支起了蓝天，连鲸鱼也没了觊觎的心。

幼鸟们在抖动着，很像试跳前的姿势。阳光还是上午的样子，给每一片羽毛足够的光线，阴影只在母亲的后背上。

大陆就在眼前了，所有的母亲使完最后的力气，用尾部拍拍儿女，你们该启程了，而后，母亲们纷纷坠落进波涛汹涌里。

最后的历程是孩子们自己完成的，它们踩踏着母亲们的生命，才有了续下的来生。

一代代就是这样，大洋的那边已经过了生存的季节，只有对岸才能活下去，而雏鸟们没有越洋的体力，只能靠母亲的生命送上一程。

在放花生的袋子边，我见了仰面朝天的一只苍蝇，在最后的时刻，它才有了类似人类的权利，肚皮对着了空间、时间和光线。

它是怎么死的？此刻还没到该去的时节吧。四周没有天网，窗帘也没有杀气，空气里连残留的蚊子还在角落里停息着。

灯光在书里，光柱提醒我，已经是浅夜，我陷在藤椅里，看着一间背景，书、字画、空调、鸵鸟蛋、名酒、玻璃器皿、古老的树根，有什么被我遗忘了。台灯，不知道，它只有那一圆的天地，我被辉煌收留在一个小小的空间。窗外，有雨意。淡淡的光线划过窗户，我没想到是这个季节最后的雷闪。我在短暂的沉陷中，估计着亡失有多少种形式。瞬间，它就来了。一声闷响，屋外是黑的，室内却暗下去。那一圈昏黄还收拾着最后的影子，渐渐就是黢黑了。所有的，在光失去后，都是一种无。

我已经很久没去露台了，那把钥匙也迟钝了。找来打开，天光里，还能看见艾叶耷拉着挂在枯硬的茎秆四周，花坛口的浮土张大了纵横的嘴巴，阳光给予它们，又把它们收走了。我呆呆地瘫坐那里，想着哪一天有空就收割它们吧。

我是留着你的呼息的，那种没被山水阻隔的通道，一夜间就被抹杀了。我电话问过让你搭便车的人，他在医院里醒来时，还叫嚷着：我好好的，怎么就手脚不听使唤了，就一分多钟，我已经不是我，要知道，我开了36年车了啊，从部队里练的车技，从来没有出过事故。

只有天知道，有一种东西在自然界神出鬼没，它的名字叫瘴。

阳台

玻璃和金属框把风雨隔在阳台之外，秋末，内里依然暖暖的，这要在长江的南方了。

前日，小男孩喊着要玩鸭子，奶奶就在菜场买了两只。小鸭子深黄身子，有黑马甲一样的杂毛，随身带的盒子上，有夸张的鸭蛋和月牙河的字样，远远的乡野仿佛进了阳台。

一对小鸭子，嘎嘎嘎叫了一夜。小孩子推门出了卧室，轻脚地去冰箱边，给它们找吃了，夜晚，还在叫，孩子以为可能是饿的。

第二天清早，一只瘫在了地上，身子冰凉了，孩子的眼泪出来了，他以为一定是自己没用棉被盖好，冻死了。

小孩子拿起小铲子，去了楼下，他要挖一个小坑，把鸭宝宝葬起来。

那只孤单的鸭子，在阳台里不得安宁，有时候还往墙根撞，用脚蹼扇自己的头。小男孩央求奶奶买一只小鸡，给小鸭子作伴儿。

花黑的小鸡凑在鸭子身边时，阳台上就安静下来了。

鸭子要游泳了，小鸡也要凑热闹；只有抓虫子时，它们配合才默契。

那个地面上的吊兰丛里，就是它们经常下嘴的地方。

奶奶有时候把吊兰放在架子上，见见阳光。孩子发现一根野藤子从钵子里挂出来，惊喜地跑过去，要观察观察，开始还是短短细细的，不几天，牵出一根长长的嫩蔓，沿着玻璃窗爬到了顶部。中间，一枝紫色的喇叭形状的花很显眼地挂在玻璃上，是什么时候鸟儿衔来了种子？有时候，还能听到嗡嗡的动静。

小鸡、小鸭、小男孩、牵牛花和偶尔光临的峰们，阳台就满满的了。

路过窗口

晴耕雨读是德富芦花的事，苇岸在京郊的昌平，让自然衍生着大地的道德。

蓝天下，土地、植物和生灵，只是一世活过。

因此，我关注窗外的人迹或云树，守着一方渐渐被侵害了的生存的根底。

楼间的那棵银杏树，亮眼的落叶，黄灿灿地铺满簸箕般大的草坪上。树枝是去年的，或者更远，光洁的一身抖落了生生不息的往年，让生回到生的起点，回到大地上的起源，回到我们行将消失的生地。

屋顶的云，一直是静止的，仿佛半辈子没有游动。它们一层层走着自己的路，眼见着太阳早上缓缓地上升，下晚，迅急地滑落；如同地面上的人，上升是慢的，而下降要快得多。云看在眼里，一动不动的样子。

一只猫闪过窗户，白得让人怜悯。它的影子朝向一辆汽车的方向，我的心提了起来。介于农耕和工业间的人类的参与者，过渡者，或是经历者，就这样让房间里的人身上有了细汗，在冬日有点凉意的阳光里。

我盯着那个大嗓门邻居，估摸着他被权势装潢了的表情，是如何在房前的草树间开展闲暇时动作的。渐渐地，他出现了，左手一只旧篮子，右手一把铁锹。他甩手放下篮子，里面有鸡蛋在跳跃。他将铁锹深深踩进树根边，掀开泥土，将鸡蛋埋进去，用铁锹扎了扎，拍拍松土，转身去了别的树身边去了。

一种文明退隐到自然中心的姿势，移动到墙上的阳光，开始了温暖的反射。

这样的冬日，还有蚊子在纱窗上飞织，我被坚硬的生的翅膀小心地抚摸了脸面。让我想到广袤的北方，马群遛过草原，想到苇岸的昌平的节气，还有那些从都市奔赴土地的人们。

霜降

经过这扇门，一条长长的廊道就引向冬天了。

今天，小城气温11—18℃，小雨，寒意突然就收紧了人们皮肤。银杏叶子也落到第三片了。我想象着天光外的一切，比如太阳会直射在哪里，冬云离这里有多远。

往常这个时节的水乡，小白菜是最可口的开始。叶片上有了薄薄的霜痕，篱笆上缺水的草也罩上了霜衣。为耕牛准备的草垛，表面有了白花花的晶莹。太阳刚刚冒头不久，滴滴答答的，或慢慢滑落。

城里的午后，出门的人，回来都披上了外衣。深凉，就在几小时后，我对古人瞬间有了折服的敬意。

大楼外榆树四周的果鸟，早早地回到树上的家。叶群纷纷碰擦，雨滴，不是直接落下，而是在叶面上有了短暂的逗留。

这时候，你在哪里？西津河边散步，还是在一个老人长啸出门的茅屋里温酒？

风，很紧。我的窗户都掩上了，呼呼的声音响在屋顶上，马路的空旷里，桥孔间，低语或深唤。

屋顶

天泽昼夜，房庇众人。屋顶是四季里，人类温暖的，低婉的天空。

在没花草登陆的高处，灰色的苔茵就成了顶端的植被，或低或高地散落在闲暇的眼前。

一些平顶要丰富得多，叶树或繁花；与人分享的风景，简约的馈赠不声不响的，偶见老人在屋顶上忙活，引来蜂虫、飞鸟和心累如蜇的那些隐约在窗后的人。举手的存在与垂手的放下，多在自然中，但，是一种远远走不近的远。

如今的屋顶有了太多享受性的信息，天窗也是黑洞洞的，对着科技的路口。

各色的屋顶有了显性的比对，有了顺时而下的人心的慌乱，有了下面的人影的繁复。

还是旧时的草屋是安心的、平妥的、生机勃勃的。厚实的茅草或稻秆，经过风雨服帖之后，敞开，如大地的样子，各种蘑菇、绿苔、野草、小树，借以疯长。坦然与自然相邻，冷暖与四季相反，庇护劳动或休息的人们。

一直想着一个去处，白云蓝天是人心的屋顶，而匆忙的身体渐渐缓慢下来，缓到一顶茅屋就能安适，宁静、高远，悬在地上、顶下。

县城

是在夜色里看见那尊雕塑的，铜，向北，有一种迎风的坚固。都说，见了雕塑，你会记住这个县城，那个在繁华边沿宜居的地方。朋友说，这是个为后代保留着许多资源的地方，比如，东南，一个国土上最大的铜矿，还埋在树林下，深土里。

此刻你在拉着玻璃器具，向北的方向。我在一栋大楼里看着地图，三个平行的直路的边上，就是你经常过往的空间。

有太多的负重，在你走动的路边，你说，养成了喝酒的习惯，真像一个俄罗斯女子的酒量了。只有，夜晚，酒变成了眼泪，一种冲刷生活灰尘的仪式。

树拥着的灯火，温暖是不是来自南方，我想，应该是的。

真想做点体力活，是发自内心的，这个世上有多少人在想着体力充沛的过往，我曾经问过县城里一个老人，你天天在路边摆摊设点，不给自己放假吗？他说了一句话，我从此对所有人都学着尊敬。他说：活着就是最好的放假。这个县城毕竟是李白住过的地方啊。

多次看见柳树垂落的小河，绕过整齐的房舍，我就有一种安慰，毕竟，我心系着这里。我们能记挂一个城池，更多的是因为那里有一个涉水经过梦境的人。

桥下

那座大桥就要合龙了，深棕的嫁接车猩红亮眼，走动的人影仿佛几个散落在地面上摇着拨浪鼓的孩童。

桥址选在这里是不是迎难而上啊，江面的水流奔涌如马的。我立在岸上，从一群夏草中向水里走，手里捏着啤酒瓶，装了三张纸，一张我的，钢笔字迹刚刚干：幸福是一种顿悟。

我们就要离开这座小城了，一个空气飘浮着碳腥味的地方。也许，我到了下游的城市，漂流瓶还在路上。生活开始的艰辛，总是在等到时间的慢慢过来。

水，已经过了小腹，我扑进黄滔滔如黄河的水里，向江心游去，我想把漂流瓶放远一点，放在水的中央，那样，它的路上就少一份搁浅。

我是垂直于对面的江岸出发的，游程过半，就偏向了下游，水流的速度超过了我的预期，我的小腿有点痉挛了。我翻转身体，仰在水面上，奋力把瓶子扔向头的后方，折身返回。

平躺在水面上，休息一会，我要调整自己，不要下沉于回来的途中。太阳在胸前，在大桥的南端，在一辆自行车上，在一片青春刚刚启动的草尖上。

在我回来的时候，我的体力依然，但，就是怎么游也不能抵达岸边，我听到了岸上的呼唤，那个瘦小的男人和一个红衣女子的呼唤声，掠过我的头顶，直向江心的鸥鹭。

漩涡，这个事实进入了我的意识，边游边放松是不成了，我拼尽全力向岸上逃生，到了，终于还是到了，摸到水泥的瞬间，我已经清醒起来。

站立的时候，那两个人扶着我，把我拖向草里，我才知道，内衣已经落在了江里。我感觉到了胸前是泪水，三个人的泪水。

“青春落在这里，是不是一个好地方？看看大桥，像不像一座睡下去的碑塔？”

“你还这么贫啊！”女子抱着我的头，像一个称职母亲在哺乳。

回去的时候，看看江边，经历死亡门口般的安然了。有时候，回望，不过是行程。阳光在前面，像此刻坐在自行车前的男子，时间在后头，像后面搂着我腰际的女子，就这样缓缓向城里去，尽管这个城市就要在旧时光里了。

榆树

这一株榆树，是城市树群里最常见的一种。我在它身下的时候，它正承接着一场冬雪，叶片是湿漉漉的，干，是一种粗拉拉的干燥。

在枝叶的遮蔽里，昏黄的路灯突然亮起，提醒我向头顶看着。

次干的交叉处，一株新苗脆嫩嫩立在树皮的土地上。冬日里，它是怎么长出，是在湖边，在人群气息里，还是树冠上的雪，是小树的屋顶吗?

所有的倦鸟都被市声赶跑了，它们飞过水面的低空，进了岛上的树群。

那个心脏般造型的公园，榆树是最多的，成熟的果荚落满地面。我却没有见到一株小苗探出泥土，不管是地气涌动的初春，还是雨润的仲夏。

在另一处人工丛林中，我见过针对榆树的绞杀，辫子一样的粗大藤蔓活生生地把整棵树捆在自己的内部。那已经不是一个争夺肥料和阳光的地方了。树，也和人类一样了，有了生存的惯性?

我记住了一棵深山庙宇前的榆树。原因很简单，一眼看去，树是树，石头是石头，青苔在石缝头里，榆树在清溪边。自由，闲散，随心所欲，苍老成鹤发童颜的样子。

无锡

我看着这个名字到底与矿藏有什么关联，结果，我想起经过的一面湖泊和我的堂弟在水边招水洗手的样子。

你说：来这儿玩啊，我给你找个女人。我想：你也是个美丽的女子啊。

我说：我已经老成这个样子了，玩不动了，你给我找一棵树，靠上去，让我能看见满湖的风景。

那天夜里，她在水边，和她的先生，还有一个远道而来的男子，喝着咖啡或茶。女子哀婉，先生清明，男子戴着假发，我远远地看着，猜着他们是什么关系。

你说，能有什么关系，这个时代的关系。我如狐狸一笑。我们不愧是从北园出来的，王力老人家经过的青藤要是醒了，一定认得我们也从那里走过四年，而后，他左脸的肉豆豆笑笑地颤抖了。

湖边还有一个人，裹住大衣要在这里度过夏夜的架势。你敏感地说了一句话，跟那个桌子肯定也有关系。

我问为什么。

“因为我是女人”。说这话时，你应该是名誉上的姑娘吧，也许比女人更有敏感的直觉绒毛。

我喜欢上了这一片湖水，因为复杂得一览无余，我不习惯在水底下的牵缠弯绕。

就像这个城市的名字，我告诉你了，本地没有锡矿。

连云港

从江边飘过去，估计有一段路程，那朵云高高低低地经过水汽和山顶，自然北上，该向东的时候，悠然而下，我知道它会去花果山的上空。

我在外地的唯一一次讲学，是在那条宽阔的马路后面，安顿我的是一栋窗口摇舞着迎春花的房间，他乡的夜晚安静而荒芜。你来了，说自己迟了，真对不起老同学。我说，没想到在海浪声里见到你，多年前，我连海水是啥颜色也没亲见。

你一直无声，不像多年前的样子。那时，你是唯一的早恋者，和镇长的女儿提着热水瓶和我们混在一体，远远看，是一种隐形的招摇。

抽了三支烟后，你开口了，说自己进科大后读了十年的书，结果被一座水果堆满马路的城市给摆了一道，你被一则新闻忽悠了，就来到这里，临时的前呼后应后，你只有在小巷子里疯狂地找老乡，装作一个打工者的样子，和他们喝着劣质酒，而后躺在弹棉花的木板上，酣然入睡。

这个城市也许有一个区长，但，老家的人只知道你读书去了，现在，混得不好，和他们过着一样的杂日子，他们没人知道一周也就那么一个休息天，对他们来说也许就是永远。

还是有看地方新闻的人，你在荧屏上的出没被一个借读的女孩知道了，从此，你连最后的乡音也断了。

你只有一条回家的路，奔波在连云港和南京之间，前面是你的饭碗，后面是你的温暖。

今晚，你怎么这般疲惫，欲言又止。这个地方有什么难隐之处？连云彩也不愿停留你身边的港湾？我知道了，什么是成本：你白天的利润，是以夜晚做成本的。

立冬

太阳终于到达黄经225°，从子夜开始，北风呼应着这个始建到尾终的节气。

清晨，拉开门，一股凉气沿袖口直达胸部，添衣是忽然间的选择。10℃空气里，秋燥已经被冷湿赶走了，地面的砖块上有了润润的雨皮。

屋顶却明晃起来，多日积累的浮尘被滤进了檐沟。一只果鸟抱紧自己的羽毛，在一个三脚架上，无言地看着同伴，高飞或低落。整个低空仿佛一下子收拢了的皮囊，一切远远的灿烂的花瓣都来了眼前，斑纹从生。

立冬提供一切自然中袒露的初始。

路上的黄叶是稀落的，一个个是丢在城市间离散的孩子。只有草丛上密集着靠拢取暖的叶片，乡下的灰色雏鸟一样拥挤在一起，有团簇的冬青给它们挡着风，雨，那是要自己承担的，它们也认可了这种节气的安排。

选好一团玉米须子，泡进水杯，一种缠绕浸在水里，收藏光线的土黄色是整个云天下最暖的补给，也能追往金黄、翠绿、浅紫、嫩绿的玉米的一生。

窗外的榆树依然绿成一条河，横在秋冬之间，提醒我们棉花是自然中永恒的温软。

我们都在有意无意等待什么，或许是一场春天前声势浩大的飞雪。

【立冬】 姚和平插画

离乱

疼痛是从那片黄叶没有落进泥土里而是落在马路上开始的。

我倚在车窗边，盯着那一条热烈起来的街道，银杏叶充满了空间。你收拾了几本书，放在阳台上就去了后院，那支笔，丢弃在柜台上。

你来过我的城市，在星期一古玩市场人头攒动的时候。只有一次你是来买书的，你说你找了所有的书店都没见到我的小册子，选古玉或小挂件，你没告诉过我，是从你文字里看到的。

一直一直，我们在谈论着姿势，那种树枝在街道上空的自然造型；叶子落了几年，新枝旧枝还是在树干上保持着原来那个样子的。

把一切打扫干净，数字，文字，地址或找到去你家的路，你还是经常沿着一条老路，闲暇时就过来，购物或者调理身心，仿佛一个盗窃团伙，窜来了，疯狂作案过，如今，消失得无影无踪。是贼就会有惦记着的癖好，所有的当事人都要小心了。

十六的夜里，你在假山上压了一个纸条：你怎么把我丢了，只有住家的人忘了贼，没有贼忘了门当显眼的大户的。

我讨厌一个人装模作样的自尊，那个"你把我当什么人鸟?"的笑话，已经在江南江北传了多少年了。那个秃子不死，估计还要传下去，就是死了，河沙也会记住的。

"我的裙摆想你了！你这个百无一用的臭男人听到了没有?"

从十月坐回到六月初，妈妈都说我的身子瘦小了一号。站在窗口，眼里盛满湖水般忧郁，让一位搞摄影的老头子路过又折返，对着我咔咔咔地按着快门。

黄叶落进泥土里该多好啊，让自然的回到自然里去。现在，落满了马路。我只好耐心收集它们。而后，哪一天，送到我们曾经月下呆过的水田里去。

污渍

挂在楼前的被单，水滴滴答答的。我离开时，看见了一朵印花顶端的污渍，在阳光下，很显眼。这是谁家把生活的痕迹留给了路过的人。

日子忙乱，我驱车就往市区去了。

如今的孩子比成人还忙。看似一汪平静的九莲塘水，无风时，波澜不惊，只有适龄的父母知道，靠近水底的鱼虾大战。那条白色的塑料品，就漂浮在清清的水面上。

我已经习惯了泊车在那个有变压器的树荫下，看书或发呆，等孩子自五楼上沉甸甸地下来。

半月前小吃时滴落在座套的一点一分钱币大的污渍，仿佛看不见，被一线猩红的口香糖渍迹遮掩住了，尽管它是在的，可我一眼就被更深的色彩触目惊心地抓住了。

匆忙经过车窗的人，我们见的永远是最显眼的唯一存留。还有多少是蒙蔽视线的，有多少是蒙蔽身心的，我不知道更多的想见的真实。

回来时，斜阳白白的，那条被单已晒干了，污渍已经不在我眼里，我只盯着一只鸟经过时，砸在上面的鸟粪。此刻，它像万根头发一样牢牢地拴住了我，别的不存在了。别的真的不存在了？

蹲在城市

付出时间、情感、钱财多多的地儿，那定是囚禁自己的庭院。就像我的老父说，有地就能活下去。

许多时间不能成块的闲暇，我会蹲在城市的边缘，比如：草坪、马路牙、防洪堤；这些显然泄露了我的出身，不同的是，我手里没有端着冒尖米饭的蓝边碗，而是点燃着一支混合型烟卷。

白烟和城市悠然相对，一张大网虚幻地隔离其间：建筑群、人流、车辙、流浪犬，开始隐约而不太真实。

我会尽可能地把脚放在有地气的土地，上面有网络一般的巴根草，在老家，它们多半在路边田侧，而小路中央总是光溜溜的。除了坚硬，城市的地面上很难找到让脚底感觉松软弹性的下脚处，由土壤、水、植被、微生物组合的大地。

不过，再高的楼也为视线和风云留下空隙，在人的头顶之上，在喧嚣里面，我们总是能望向远处，小山或是大江，也不会是阻隔。

子夜，在一个朋友的楼顶，那是一个例外，我蹲在这个城市离星星和月亮最近的地方。看着被灯火和水光填满的北边，一半是城池，一半是宽阔的原野。在白天的光里，我熟悉不过的旷野。支流、河汊延伸到我的故里。

就像村人潮水一般流入城池，我也先走一步留在了这里，适应着泥土的气息越来越淡的地方。

我只是固执地保留蹲着的习惯。全身仿佛离大地近了从而找到了支点，就像挑一担稻谷去粮站，中途蹲在路边，体力就会恢复。以蹲着的姿势，我会看到眼前被风送来的树叶和老家的没什么区别，尽管绿色和黄色同样有生命，分地域。

有一次，我蹲在一群拉货的人堆里，看他们打牌，从他们走南闯北的经历里，有了我熟悉的乡音：有刺激味蕾的故里菜名，还有不同种类的河鸭。我一直蹲在那里，直到站起来满目星花，仿佛在提醒我，有多长时间远离田间的劳作了。

城市不管走多远，我蹲的姿势估计改不了了。只要大地还在身下。

小河

驱车出城，向东半小时，落满灰尘的草树掩盖了一个路口。由熟悉的人领路，压过一段碎石路，就到了一处四合院般的平房前。

院子中间砌着方形水池，吃什么鱼，指指就可以了。蔬菜也在屋后面，看看再说，不久它们就上了附近房间里的桌子上。

我离开了烟火的地方，走过井石上的草地，下了坡，到了河边。

河水浅浅的，河床的污泥已经一层层晒干了。那条不知道哪年的微型龙船，散了架子，随淤泥滑到水里，快要插进河底了。

这一条小河太像一只秋深的三角梅，深深地陷在四周的水稻田间。岸上的树，散落着，塔松很精神，刺槐就毫无顾忌地疯长。朴树的厚叶子间还挂着干旧的菜篮子，隐约地有乱草充溢，估计已经是鸟巢了。

水波细腻，从交叉处粒粒地滚过来，风在上面流走，到我的面前已经是绿色缓缓的风的末端。灰白的鸥开始是一只，滑过树冠顶上，渐渐地又来了几只稍微大一些的无名鸟儿。在河的上空箭一样扎下来，插入水皮，一只小鱼被带到了低空。

那只船能游走就好了，河面窄小，不影响一个人回到童年吧。

走过乱乱的枯枝败叶，我摸上下陷而颤抖的旧船，它再也不能移动了。

岸上的那个人还在迎风打坐，阳光空灵地落在他的肩上，风是路过枇杷树的过客，到了头发上已是安家的样子，只有他身后的草轻轻斜了一下。

我们已经不想回到饭桌上去了。目前，那是多么的多余，让我们就这样坐在草上停在河心。

【水鸟】 姚和平插画

容器

桌子上，仿景泰蓝的器皿，安静得被遗忘了。一次清扫，胳膊划拉一下，落在瓷砖上，那声碎响告诉我它的存在。

我看看和它共生的器皿们，暗弱的光里，守一种自己的造型。水、茶、酒、花、咸菜，各自安妥地在里面或上面。

所有的裂痕，是出现在阳光灿烂的日子，在一个人平稳坐下的瞬间。树状、松花蛋型、河汉痕的裂纹，清晰留在了日常不在意的时候。当身心安顿了，抬头就会见到不堪忍受的网状的生活的破裂。

我们什么时候开始迟钝的？惯性的走路，感觉的重复挤压，一次次踩到脚底才呻吟的一切。

没人在意，一片树叶是从棕色的枝干大地上冒芽，还是泥土挺身的给养；我们都被绿色蒙蔽了，以为，大地上的繁华多会来自枝头。

自然的法则告诉我们，树枝是花朵的器皿，春天是树的容器，大地是季节里生灵们的花坛。

不要无视纹路，裂痕早就在那里。我们远走后，几天不见的花坛里张口的基土；掌心里合不拢的破碎；干旱后，土地的网状的呼天的声音。

让江河漫向裂口，生存的尘土挤进缝隙，时间缝合我们一路走来的被劈过的心。

人工河

这一条人工河，源头被马路切断，只留下涵管，出口也被马路闸死了。因此，我对这一湾水域拿不准是不是该叫河流。它，始于小区的南门，在中间简单地弯了一下，终于东门。

两头的桥面是平坦的，利于一种人多、车多、狗多的现状。中间的两座桥，一个拱形，上下的石阶清冽冽的，曾经绊倒过一个老人、几个孩子，我的自行车也在那里被扎过孔；另一座是木制的，六曲七弯，柱子方形，摸在顶端手感不错，桥面是所有桥中离水最近的，梅雨的时候，蹲下能划到水，放一片叶子，风动也能漂远。

小区初建，离河边一米散落一地的麻石，现在都看不清爽，石头都没在了青草丛里，近了才能下脚。

河坡铺满石片，浅水时，可以顺河沿溜到水面的边。清洗已经不容许了，但，你下去捞一捞水，近看一下水边的水蜡烛、茭白，也是一种下河吧。

随着人家门口的花草树木越来越茂密和高大，视野开始窄了。四周的柳树也满满的披挂在河边，加剧了河道的瘦小。

弯弯的河床是没有历史的，浅浅薄薄，经不起一翻，要等待时间的慢慢给养。偶尔推开柳叶朝水里看，会有一阵阵鱼苗从清晨出发，由水面进入水底。水的清清到浅黄，那是鱼开始长大了，留下了生物进程式的记号。

一些不为人知的东西埋在河底。第一个夏天，水就被污染了，一种气息吹到体育中心那边。中年人说，是不是血站的冷冻室坏了，老人说，那里是曾经埋过人的沙滩地，旧人的尸骸被翻出来了。没人相信是一条河，臭了一个城南。后来，花了十二万，换了一次水，放进了鱼，才渐渐好起来。

许多夜晚，我都带着念佛的心情绕其走走，走到一片夜色深沉起来，可安慰一段平淡无奇的安宁时光，一段被河床吸进腹部的无迹历史。

青虫

顺着叶片的半角，爬到树顶的时候，你缓缓地蠕动了毛茸茸的头，你什么也没有望，我什么也不知道。阳光均匀地散在你身上，我感觉到了你的闲，一种不把时间放在眼里的安康。

让我回忆你的来路。

一个椭圆的扑棱棱的蛾子，贴在墙角，你会在意同类的枪杀吗，没有，那个叫人的东西，是你最大的天敌，你还是侥幸地躲过了。

兄弟，你的万幸是生在我家的墙角，或者在一个随意生存的人的空间里，你才有今天。

你慢慢地、撕裂地来到了空气间，也许空气早就进入你的身体，只有破壳那一瞬间，你才知道了诞生。

乳牙般的开始，是我给你的名字，你不要怪我的无知。我看见了你从树的根部，缓缓来了，蠕动的半世，让我等到了一个叫白露的季节，我的耐心就是把你看到成年。

你一直往我养活的树干上爬，你要粮食吗，我担心着你的去处，像担心着一个孩子的来生。

“爱吗?”

“很爱!”

终于，你抵达了可能的顶峰，那也是你的生存的顶点。

风，从阳台的右边吹过来了，衣架上的冬衣也卷了，你比我想象的更迅捷地坠到楼底。

我的视力已经看不见你了，我祝你活着，安稳、平和，把一生按自然过完。

废原

这块地儿是用来做楼群的。在城市的南面，第一次填土后就旷在那里，面积广大，算是一个微型的草原了。因为很久没再动土，在白色护栏里的草，疯长，最多是野蒿，细密地占据了每一寸黄褐色的沙粒土。

许多人担心过，要是天生野火，会殃及附近的一处重要仓库的。

我在楼顶上，见到了一群人，像草原的马阵一样，从北面向南方掀过去，不知道手里是不是多年没见过的镰刀。

野雀、黄鼠狼、甲壳虫们，四处逃散，一个临时家园失守的场景，触目惊心。有人跑到深处，估计一个活蹦乱跳的生灵就要面对血灾了。

下午的薄阴里，草桩终于全部露了出来，让我们看到了大地的真相，没有庄稼或蔬菜的地方，总是贫瘠的。几年前的宿土已经随雨水陷落了，枯瘦了，与淹没人形的荒草有关吧。

四周的人工场景倒是精神起来：假山、盆景，很骄傲的样子，成了一群时间的看守者。

这块地还会荒下去吧。

在马路、人影和群楼里，幸存的自然，已经很难见到一处人造的废原了。

风险

男女间的关系存在一种风险，要么从此陌路，要么就是日夜成瘾。

你在那个白色的栅栏里圈了一处荒地，每周都开车过去看看，一个牌子插在路边：这是我的花园。许多花木依次从贱到贵，多数是说不上名字。你不喜欢看寄来的邮包上的字，那些字阻止了你对一粒种子长到参天的好奇。

每一棵高起来的小树都留下你睡过的痕迹，哪里草压平了，下一次来时，才会直起来。你神秘地笑笑，又换一株小小的树荫。

一个雨天的周末，你要赶回城里见那个人。他说是来找朋友开中药的，你匆忙撒下了一小袋种子就溜了。那个人半途去了别的城市，去见另一个人。你站在桥边，眼红红的。河水里有雨花。可是，满天一丝云朵也没有。

“这个杂种!”

你恨恨地去了桥下，开车返回你的花园，那些种子松软了，露出淡青的裂纹，嫩得如婴儿的牙龈。你想将它们捧起来，手，最终停在了空中。

视线不要翻山越岭就能看见那些刚刚移栽的大树，树群里豪华的建筑。你想起，第一次见他时就在那里，那种鬼使神差，现在想来还是那么诡异。你们都喝多了，都是从酒桌子上下来，又来到这个会所。开始是他醉醺醺地闯到了你的包厢里，还和你碰杯，说，你怎么在这里？他被同来人赶走了，一路嚷嚷着，认定是认识你的。后来，你去洗手间，回来时却误入了他的包间。你进去时，他身边的人都走了，像是有人安排的，你不知道。你已经晕了，你靠在他的臂弯里，以为是沙发，眯瞪到醒来，应该说是你吐醒了。

你把自己和他都弄得全身肮脏。

后来，你记不得了，他也记不得了。但是，你们一直保持着联系，却又没再见过。

这是唯一一次关于风险的意外。

旷

“海子”躺在阳光里了，树叶和时间成了明矾。我在山顶或路边，见到了那一片碧绿的存在。当所有的镜头带走了匆匆的自然中的记忆。云会在日子里，蜂拥传散。我看作是远方沉睡了的放松与无牵无挂。

当一条河只留下荒草密布时，亘古的孤寂埋在了河床里。经过的人，在夜间，会面对忙乱的白天，捧起自己，慢慢清点。

我告诉你这条河流的名字：牛屯河。从江口，路过你和我的家门口，向群山里伸展而去。两岸的房子渐渐消失了，去了人流密集的地方。人，会随时背走老家。留下的，是被秋风吹满了的空旷，从河底到岸顶。喜欢疯长的野草在泥土的面孔上，漫山遍野地编织，将一代代的辛劳与寂寥，覆压在深深的水下，成了碳或微温的历史。

机帆船以前是从桥边出发的，装满稻谷、小猪仔、面黄的孩子，现在已经老旧在桥孔边。水低落下去，它也一寸寸地深陷而去。过往的人声、畜叫镶进水皮，渗透在茭白的根须中。

更深的旷，是河床的本身。水没了，河的家园就袒露在云端下。层层的新土旧壤，水草、依赖水养的一切，都流动着一种时间的刻度，从蚌游过的河泥到摇晃在岸边的小树。

该走进人心了，那是自然的最终边界，和水有了一样的涨落，不同的是，与季节无关。

这是个人人都有内心隐痛的时代，光影里的、水汽边的、指缝里的瞬间彩虹，与路灯一样，不属于白天。只有灯亮了，我们才会面对自己。

旷，这时候是雪云里的“海子”，是曾经路过的河床，是睡觉时脸皮不痛的笑容，是我们身心的老家。

立春

夜雨，针尖一般扎在脸颊上，隐隐的冷意随之渗透进身体。但，地面的砖缝里已经鼓动了暖的气息，仿佛青苔或春草，扑刺刺地往上面拱。

长冬是一场宿醉，扶过了旧墙，拐错了几次路口，头痛或心醉后，一夜沉睡；春，就是浅夜敞开的门，阳台上的叶子已经试探着把臂膀伸进来。所有的疼痛的沉潜，被远远地推开了，推进了冬树的根下，或荷塘的泥底。

想往长堤上去的不仅仅是羊群，所有的，脚底都像枯草挠痒痒一样，有着颤抖、迈开的举动，有了春深处的想头。

我在湖边，盯着一窝低矮的树群，它们好像没有冬天的样子。绿，依然是厚的，不过，光洁的指粗的干还是刻上了收紧的褶子。散漫的旧叶，有了冰面启开的呻吟，低低的，比路过的穿越严冬的蚊子身影还要轻。不过，我仿佛听到了。也许是小树根下一种叫独活的草，叶片有了声响的波痕。

许多大小、贵贱、枯荣过了的草，都是家乡的面孔；没人会栽种吧，但，它们就是不离不弃跟着我们。深冬里，它们远游；此刻，它们露出了乡风习习的衣衫，和我们一道踏在一条长长的季节的开始的地方。

当一切自然地过了以后，四季都是大地上的孩子。时间的父母都会善待，不管是残肢、美丑、聪慧、兔唇、善良还是出身高低。在季节动身的地方，一间四臂搭起的房子，迎迓在小巷、院门、马路、湖边、河岸或山间。我们一体，同脚下的一切缓缓或急急地生长。

【立春】 姚和平插画

乡村小学

第一次上学，在一个太阳明晃晃的夏天。一大早，十几个孩子扛着条凳，夹着小板凳，从四面出发，兴奋好奇地拢向村子中部的牛棚。

我们到的时候就开始嘻嘻哈哈的，因为老师正在挂黑板，挂上掉下，挂上再掉下，个子瘦高螺旋腿的老师左右看看，做着鬼脸，叮当叮当，终于挂端正牢靠了。

条凳三排，小板凳跟上，按老师要求，手别在身后，身板坐得挺拔。老师说，村子里只有一个姓，以后大家知道喊我什么老师吧。大家哄笑起来。

开始分发田格子簿和铅笔。

老师在我们身边转了一圈，问我们喜欢上什么课啊？大家一下傻了。我们没有课本吗？老师说没有。那上什么呀？老师抬头看见我们身后正在反刍，满嘴白沫的耕牛，说一声，有了。

他一拐一拐地到黑板前，给我们写下人生第一堂课的内容：

牛屎要常勾

牛屋要常扫

要想牛儿壮

常常割青草

我们没有动笔，一个上午就跟着老师吆喝那个瞬间产生的作品。下午学了什么，或是放假帮家人干活去，我已经想不起来了。

后来，村子里来了一批下放学生，我们让出了学校，去了我家隔壁。她家是天井式老式房子，男人是倒插门的，在南京做木工，第三个儿子得了白喉，死了。她的本意是让我们去充充人气。

古老的全木质结构房子，阴森森的，学生越来越少，老师挨家挨户问怎么回事，大人说，那个房子进不得人，孩子去了，回家就发热。

此后，我们开始了流动式上学。篮球场是最空旷的，老师把黑板钉在唯一一家有砖墙的缝隙里。苍蝇、蜻蜓经常同我们一道上课。

在一家两兄弟都是光棍的土房子里度过了一个冬天，就去了村东头另一个更年轻的光棍家里。一个女人的孩子长得太像他了，村子里流言满天，他就跑到江西放老鸭去了。在那里我们总算固定下来，一直到二年级结束，去了一所正规点儿的小学。

语文算术我们只有一个老师，一二年级混堂上课。

校门前，散落着顶天的榆树，喜鹊窝有好几个，全村最大一棵树也在我们的眼前。一下课，男孩女孩全猴子一样跑到了树上，而后，夹着腿，放开双臂，哧溜一下滑下来，皮肉没事，衣服总是露出小窟窿。在课堂上，调皮的男孩子就用稻草捅女孩那些破处，痒痒的一惊，哇的一声，课堂上又炸开了。

老师最担心是我们下水。八九岁正是游泳成瘾的时候。夏天里，村前水塘对面的岸坡上，排满了壳面反光晒太阳的老鳖。孩子一下水就想凫水过去看看。宽阔的塘面对大一点孩子是没事的，小点的孩子学习不行，游泳劲头十足，体力又不够，有一个孩子就差点没有上来，要不是一个挑货郎经过，人肯定是没有了。为防止我们偷偷下水，老师用一种自制的颜料圈在我们肚皮上。一下水就没有了，至今，我也不知道是什么液体。

二年级的秋季刚开学，课正上到最酣处，房间里的衣柜啪啪直响，老师说，快跑，地震。全部，呼啦一下，全跑到屋外。惊慌未定的时候，家长们都跑来接孩子回家，老师说，不行，课还要上，大人回去。

惊吓后，大家不敢进教室，也无心上课。我们齐声说，老师讲故事。

我们的启蒙老师就是厉害。他挠挠头讲了一个跑反的亲身经历。

没几年，有一天，村子突然裹在一种无名的沉痛里头。一个伟人的去世，仿佛早早地关闭了我们童年的大门。

我们的乡村小学生活随之提前结束了。

【小学教师】 姚和平插画

故巢

弯入山坳，迎我的是穿越马头镇的风。

不远，两只灯笼一样的鸟巢挂在镇头，沐着隆冬正午的阳光，隐约可见巢体的柔草和旧枝，母亲的目光一样温软。

路旁的野藤纷乱，光洁、坚韧，披向黄褐的泥土，断了的地方是镇子的入口。孩子，立在菜地边，眼里闪烁着渐次平淡的冷，年底了，不见早晚期盼归家的亲人，还是陌生人的闯入。古巷窄长，由南朝北，平稳，详静，和巷子一样静的是老人，表情深藏在皱纹里，入定地端坐在门前，对着生客和时间不动声色。一对老人点着拐杖，整整冬帽迎向不同的镜头，偶尔的笑意，淡淡，很像我们见过或没见过的先人。青石，一溜路面，也许是附近的山上砸来的，被鞋底打磨得像一些画家的头顶。

我们想见的是白墙上的马头、青苔厚积的小瓦、斑斑的椽梁、锈蚀的门环。透过半掩门，朝里看，暗处切过光线，还是古井一样的深旧，旧成一本古书，碰碰就是灰尘，更不要翻了。剃头的，似乎面熟，手里拿捏的还是我们儿时见到的样式，荡刀布光溜溜，油亮亮，不粘一根头发，也许落上又滚下了。一见倾心是篮子、箩筐，堆在一角，篾片在手艺人手脚间翻飞，不知道还有多少人在用它们了，但，一种延续像低空中的电线，从一头向巷子的远处延伸。

钻进一家店面，我蹲下身子，细看几丛红花，根扎在酒店的下水里，叶子肥厚、花瓣浓艳，我无声地低头缅想，生生不息的不只有人。苔青深深的压菜石，靠在乌亮的门槛上，一种深缓的旷远，它们同时间一路老在墙上，如同我们老在手上。

偶尔，见到了红衣女子，一定是我们中的一个。守住古镇的是老人和孩子，一如来时路上看到的大树，老根和嫩叶留落镇边，粗壮的干，装车了。像时间的筛选，轻轻旋转，存在面上是一窝干瘪；落下的种子，留在土地上生息；中间的强壮，一担子挑到了市场。不能背井，不要离乡，是我的一厢情愿，正如，古镇留不了先贤，先贤留不住青春。大家都回不去了。

巷子的尽头，一堆土岗，背水瞰镇，顶上坐着让人顿生敬畏的寺庙。烟火，飘拂在栏杆、树丛，绕过黄墙，渐渐扩开去。四周散落了凌乱的石牌，刻满苦难的名字，陌生又似曾相识。生者，已经很少来了，只有荒草抱拥着他们，星星温暖，从泥土里丝丝上升。一种抚慰，照拂岗下的屋顶、树冠、南瓜、模糊的人影、行走的白猫。

其实，古镇是拴在河湾边的。可见第一拨拓荒者的眼光。他们是归隐，逃离战火，躲避病灾，已经不得而知。但，在江南群山里依山临水，是集仁慧于一身的。

去河边，半支烟功夫就到了。河面的开阔，那要到水沛的夏季吧。此时，水面被大小的滩涂挤得瘦瘦的，暖色的光线里，水滩错落地显露。芦苇已经不见了，浅黄的巴根草爬满泥面。亲水处，是刻了时间纹路的石头，拣一颗，在手心端详，一层压一层，灰白相间，波路相拥。不喜欢那些采砂船，占据仅有的稍宽水面，水浑、音重、岸陷、苗枯，但，侵袭已经无孔不入了，我们没了办法。

还好，有慰心贴肺的水牛，主人忙去了，它成了自在的一种。所有的童年，一瞬间复活：白鹭群飞，芦叶卷的喇叭笛，鬼见愁、菱角菜、野荷花，黑鱼、老鳖、娃娃鱼，打水仗，三爷爷的故事，村妇们的笑话。

这一刻，水从西来，河向东去，河滩是大家的，没了固有的名字。远处，踩着腰子船的渔人，是不能靠得太近的，怕一靠近，他就消失了。低空中，一只后背顶着黄羽的鸟，掠过河面，飞向隐约的对岸村庄，炊烟袅袅，红瓦、白墙隐在树中，母亲的影子映在树下，一种钻心的念痛，水草一样，沿着河床蔓延开去。

东边的竹林、树丛是能庇护的，我恍惚地踱到那里，疼痛渐渐缓和。绿，人类共有的抚慰。满山的松、柞、杨、楝、槐、榉、竹也是遮掩，估计，最早落脚古镇的人，是先到这里的。树林能阻挡追兵的视线，过滤病毒，提供慰藉。满是花、草、树、虫伴生，比人更温暖的共居。在这里，四季有了分明的升落，时间的枯荣，提醒着青春朝向老去；不像城市，那里是常绿的，你看不到时光的脚跟，不经意间，你发现自己忽然老去。

躺在软软的草地上，我的目光懒洋洋地穿过树枝。只一会儿，泪水渐渐地堵满眼眶。闪烁地上前方，我看到了一只巢，那是鸟的家。我匆忙脱下鞋，回到了少年，猴上树干，直达鸟巢。它有鱼篓那么大，建造物是我熟悉的柳条、渔网、松枝、葱皮、麦秸，在颈部的一侧，有个洞口斜向阳光，小小的，只能容下一只孩子的手，我把手卷了又卷，小心地伸进去，摸到了一层柔滑、蓬松、温暖的羽毛。

人的一生，忙忙碌碌不过是返乡。

母亲走后，我的故乡空了，有水土的地方，多是我的停歇处。来了马头镇，见到的绿林、荒滩、古屋，鼎立着，隐在江南的青山间，像搭在古树枝头的三色故巢，一只城市屋檐的倦鸟，轻轻栖息，缓缓离飞。

【香溢梦境是吾乡】 姚和平插画

院落

大雁北归的时候，多半要经过我儿时的村庄。

我抬头见过的雁阵不算，还有一个依据，祖母大清早去院落里摘菜，手尖扇动一枚干净的白羽毛。

祖母那时候还劲实，说“是大雁”的时候，嗓门内有颤声，带足阅世深深的底气。

我会从堂屋里疯跑过来，扔下刚要出门的放鹅杆，迎向背景是水塘和稻田的祖母。祖母在院落里，泥巴墙上的青草还在落露，雾气，从墙根处冒出，人在清冽中。

祖母给我大雁的羽毛，转身忙去了，也能说明，大雁飞过，而现在只有空空的蓝天。

院落在苍阔的天空下，渐渐露出来了。

我家在村子中部，门前是琵琶形的水塘。院落就在红砖乌瓦房子和水草之间，东边是官巷，上面遮挡了红润果子的阔叶树，西边是水秧，隔年是荷田，那要看主人的想法。

院落开始是没有墙的，别人家的猪和自家鸡鸭轻易就过来进餐，父亲说，得围一圈墙。农闲时，同西边的田主协商好，取来秋土，撒上草屑，用光脚踩拌，待粘实了，用铁锹切成方块，一层层沿着划线夯起来。墙顶插上旧芦柴，一排排队列样子。要搓好草绳，拦腰编辫子一样编一圈，最后的工序，是用润泥，把芦柴根部的孔糊严实。我当时的知识有限，能想起的是，南非的津巴布韦城堡，可能就是这样垒起来的。

院落的组成，少不了还有西北边的稻草垛，和把草垛吃出毛刺刺大窝的水牛。

能说上是树的，不是很多。一棵泡桐不知道什么时候在墙角冒了出来，开始是饱嫩的，干枝脆鲜，我离开村庄的时候，它成了弟弟新婚家具的材料。

西北角的山墙阴影里，有一块小高地，一簇栀子树肥绿在中间，白成一处香源，夏天，南风多，满屋子多是栀子花的浓香。

自从有了两棵柿子树，一夜间出现在院落的中央，家族里的战争就没停过火，这是我少年时最深刻的心理阴影。

我喜欢那棵最南边的桃树，个子不高，桃子却大，我看着它一年年的挂上五六个果实，压弯枝头，不忍心树的腰杆受伤，找上毛竹，插在土里，用水麻线捆绑上，给桃树以扶持。最后一年的桃子，是记忆里最深刻的挽留，当桃子大到放进上衣口袋里掏不出来时，一场洪水淹死了桃树，我盯着南阳塌土里露出枯根。

第一次知道，死，就是来年想见到的东西，再也见不到了。

父亲总是把与泥土有关的事，做到极致，对稻田这般，对菜地也如此。一横六竖的菜垄拾掇得干净悦目，我能想起的可比，大约是我在飞机上看到的码头集装箱。祖母对我说，收拾菜园，就得像你大一样的，沟是沟，垄是垄。

我没那个能耐，多年后，我把这种遗传的心性用来在图书馆里对付那些书了。

忘了提到那棵老楝树，一个不声响的老人。只有当紫色小花落在地上，你突然想起他的存在，花落的地方，多数是下塘沿去的那条小路，也有的是落在菜地里。那时，小青菜喇喇的起来了。妹妹提着小篮子，怕踩痛什么东西似的走近，你会知道，生命的当初状态是多么相同，又是多么相通，人和植物多有气息的，妹妹粉嫩的小手接近小青菜的瞬间，就是一种洁净的、清纯的连接。春的光线抚过耳际的茸毛，抵达嫩嫩水水的菜叶上，周边的昆虫也开始唱歌了。

妹妹有时会被一只血红的蜻蜓吸引，放下篮子，追到泥巴墙边。她不会想到，刚起来的扁豆会加高墙体，叶子护着越冬的芦秆，看不到赭黄，只有厚厚的绿叶，举在空中，成了一种阻隔。儿童的惆怅就是这样开始的。看着小红飞机的离去，预示着某种生活就要转折。

不久，低空里，到处多是妹妹心中土黄色的小飞机。跟脚而来的是父母的忙碌，整个村庄一下子进入了夏天。

在我眼里，那是大人的事。这种少年时的感觉一直追随着我，面对别人看重的东西，我的心智多半要迟两步。那时，这样的懵懂让我迷入了夏天的院落。

提起柴门的小铁钩，握住顶边的把手，缓缓地推开。溜进去，没想到被楝子拌了。不几年的经验告诉我，楝子有甜有苦，平等对开，就看你的判断。对来日命运的选择，乡下孩子就是这样开始了。抽出别在腰后的磨得雪亮的镰刀头，苦或甜就在一念之间。现实，让我的镰刀停在空间，我看到有一半楝子只留下了根桩，墙外传来幸灾乐祸的笑声，他的嘴里正嚼着甜楝子。我的刀不知道什么时候就飞了出去。落在了不远的荷叶上，栽进肥泥里。

那个游手好闲的成人，看着我，用强大冷对我的弱小。见我疯了的样子，他一溜烟跑了。

侵入是无所不在的，人心、光线或者植物的芽须。我低头叹气的瞬间，就被一束南瓜叶间的光吸引到地面，白白的，麻凸凸一小片，用手摸进去，很滑溜，凭手感，知道是老鳖蛋，蹲下，一个个地掏挖，居然有九颗，满满一手掌。

我笑了。看着东边铺开的见不到地面的甘蔗叶子，我知道了，有些东西是你的，怎么的，也是你的。

在乡下，看时令是最方便的。蜜蜂什么时候上墙打洞了，塘里什么时候水草绿得亮眼了，猪槽里堆满菱角菜了，院落里飘满艾香了，草垛什么时候长高了，堂屋里什么时候堆满稻谷了，或者，燕子衔泥了，蛙声如鼓了。

还有一种判断，那就是父母的皮肤颜色。我的村人们，不是生来皮肤就是亚洲铜的。你要去过乡下的小河，那清得能见草根的小河，看他们洗澡就明白了。

父亲的手臂由紫红变青褐，我晓得秋天来了，就像见到院落的柿子开始压枝一样。我心里暗想的是，今年的甘蔗快能上嘴了。风在老圩吹动渔网时，父亲就决定，今年的院落种甘蔗，从官巷的旧石碑，到南边朴树根外，包括门前的石板下，全栽上甘蔗。

秋风晃晃的，那是一种满目拥堵的希望。

有几次，我躲在甘蔗地里吃饱了，睡着了，忘了回家。

甘蔗到最后是要赶集的。我知道了村里的人心开始浮动了。往年，丢在水边的南瓜是没人拣的，门环上连枯草也不用系的。而现在一转眼，甘蔗就少了一片。

父亲只是说，能看就看一晚吧，这个村子已经留不住人了。一转眼，村子里的少壮劳力真的消失在水渠那边，方向，好像是城市。

父亲守着院落，在我离开村子以后。

乡下的冬天，不是以一场雪开始的，门前院落，抵着秋天的尾巴，就是一张苍茫的冬天的脸。

父亲买来水泥和砖，将院落的一半铺上水泥，一半辟为菜园，用砖砌上围墙。

理由是，你们回来时，不要踩上泥巴，弄脏了鞋；那个菜园，种上的是你们平日吃不上的蔬菜。

院落原来是热闹的，一种人满心满虫植满的热闹，过了几个冬天，曾经走过的人可能再也不会经过这里的春天了。

母亲走了。

祖母走了。

我离开。

弟弟妹妹离开。

父亲，也离开了。

只留下房子和院落，空空的。

院落停在乡下，就像我的村庄搁在水里。

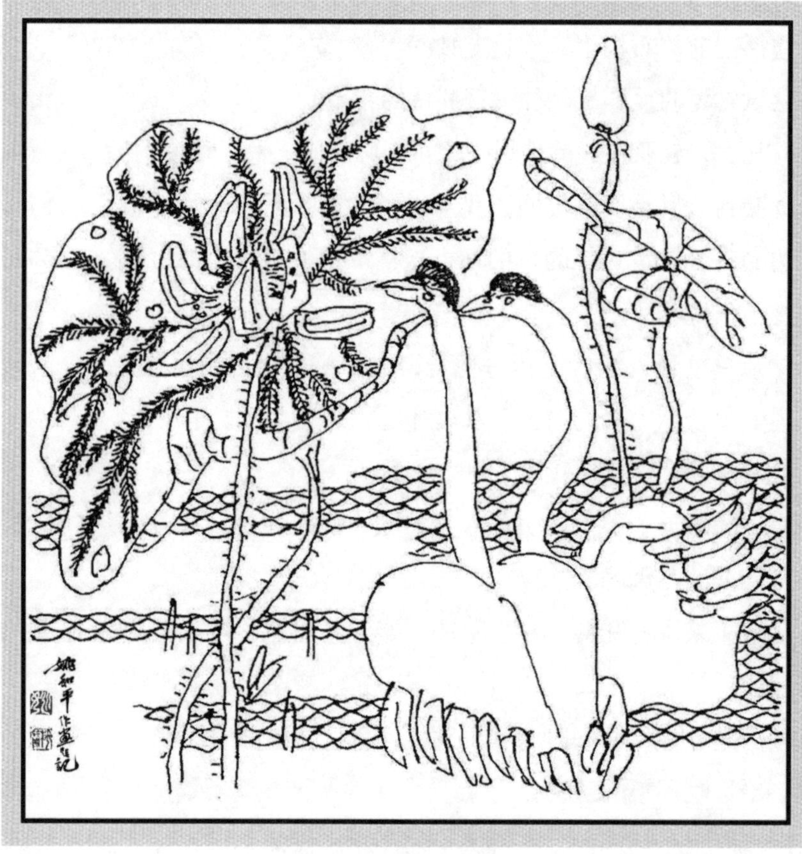

【水乡】 姚和平插画

跋

这是一部关于长江两岸大地上的书，一些让你安宁的文字。泥土上的树木花草，飞禽家畜，劳顿的人们，组成了吴楚交界处的故乡图，深含大地的道德。自20世纪七十年代延续至今的散不去的乡愁，弥漫江南。

没有谁能逃脱一生中的不断出走，但，精神家园里，我们都在不断折返。一位来自乡野人的回望，同匆匆的行人们一道共享时间的给予。

你走过这一程文字路，就会试着放慢自己，仿佛独自面对断崖处的青山云雾。

我不过是为你推开了一扇城池或乡村面对河流的窗子：看到故乡，知晓来路。

灵魂深浅的过往，经历不同，感受一样。

这里，我们一道溯源：朴素的自然，乡野的烟火，沉浮的人间，以及伴随这一切的情感、心绪和哲思，总有一串细节安妥你生命的角落，在一个午后、暮晚或月夜。

吴泊宁

二零二四年六月六日于芜湖